每朵花本应芬芳

荣／著

路过心上的经典散文
邂逅一生的悦读，愿你翻过每一页

天津出版传媒集团
百花文艺出版社

图书在版编目(CIP)数据

每朵花本应芬芳 / 孙道荣著. -- 天津 : 百花文艺出版社, 2021.1
ISBN 978-7-5306-7985-2

Ⅰ. ①每… Ⅱ. ①孙… Ⅲ. ①散文集 – 中国 – 当代 Ⅳ. ①I267

中国版本图书馆 CIP 数据核字(2020)第 207041 号

每朵花本应芬芳
MEIDUO HUA BENYING FENFANG
孙道荣 著

出 版 人: 薛印胜
责任编辑: 魏　青
装帧设计: 宋双成
出版发行: 百花文艺出版社
地址: 天津市和平区西康路 35 号　**邮编:** 300051
电话传真: + 86-22-23332651（发行部）
+ 86-22-23332656（总编室）
+ 86-22-23332478（邮购部）
网址: http:// www.baihuawenyi.com
印刷: 唐山富达印务有限公司
开本: 640mm×910mm　1/16
字数: 260 千字
印张: 18
版次: 2021 年 1 月第 1 版
印次: 2021 年 1 月第 1 次印刷
定价: 49.80 元

如有印装质量问题,请与唐山富达印务有限公司联系调换
地址:唐山市芦台经济开发区农业总公司三社区
电话:(022)69383810　邮编:301505

在阅读中优雅老去

二十岁时，第一次去凤凰，不为古镇美景，只为能与偶居夺翠楼的黄永玉先生见上一面。

时逢雨季，沱江奔啸，烟波微茫信难求。苦待数日，仍没能等到想见之人。

在清冷的雨丝中独自徘徊，满心失落。无意走进一家书店，里面尽是沈从文先生的文本作品。无处可去，只好在僻幽的角落里翻阅旧籍。而后，一发不可收拾。

回程当日，总觉有重要东西遗落城中，寻思许久，才跑去那条巷子的书店里买了本周身泛黄的《边城》。这本有着深蓝小印戳的《边城》，至今仍安躺于我的书柜里——它不仅使我在未果的行程中找到些许补偿，更让我在之后的时光无比怀念二十岁的自己。

再后来，兴许命中所定，真与书结下了不解之缘。不但自己看书写书，更领着诸多热爱文学的人走上了自己想走的路。

我经常跟学生们说，阅读是写作的命脉，只有不断阅读，才能保持创作角度的新颖和思维的敏捷。然而，阅读所赐予的，又何止是这些？

不管在何时何地，只要手中捧着一本书，心里便会觉得安然。书不但能排遣无聊的寂寞，将岁月的伤痛逐一缝补，还能把心灵淬炼成一块玲珑美玉。

一个爱书之人，必是睿智且沉稳的。遇事不惊，处之泰然。古人所说的“腹有诗书气自华”，便是这意思。

生命本就是一次有限的跋涉。一个经常看书和一个经常沉迷在网游世界的人，心灵绝对是不一样的。前者，往往更能体悟一叶一菩提的真谛。

书本所给予心灵的力量，是不可言喻的。十年寒窗，说的并不是读书人的艰辛，而是意在表述读书人的坚忍和不懈。试问，有多少人可以在寒窗下十年如一日地重复做同一件事情？

正如北大教授曹文轩所说：世间最优雅的姿态，就是阅读。不论静坐还是倾卧，甚至在厕所里，它都是最美的姿态。因为这样的人，通常都会从骨子里散发出一种极具亲和力的书卷气。

阅读人物，通晓历史，可以他人鉴知自己得失；阅读杂文，百味世事，可在辛言辣语中澡雪精神；阅读情感，温热肺腑，可居书香浓情里滋养心灵；阅读故事，体会人生，可于静谧岁月中倾情流泪……

每一种书，都是风景；每一本书，都是亟待窥破的秘密。

宋朝诗人黄山谷有一句名言："三日不读书，便觉语言无味，面目可憎。"这其中说的，就是每日读书的重要性。

本套系列图书，所遵循的就是这个简单的理论。通过遴选当下不同类型的精华文章，给读者送去不同的心灵养分——成长卷让你懂得如何珍惜青春，成功卷让你明白如何把握自己的人生，真情卷让你寻回本真的感动，感悟卷让你看到世界别样的美好……

为了能找到年度最精华的文章，为了给读者省去寻找的繁琐，我们几乎把本年度的期刊翻了个遍，邀请了二十四位中学生喜爱的作家，目的就是为了去其糟粕，取其精华。

这些作家的名字，不仅经常出现在全国各大刊物，还经常出现在各省市的中高考语文阅读理解试题中——我们的宗旨只有一个，就是为这个时代的读者，奉献好书。

但愿我们可以放慢匆乱的步伐，一起在欢愉的阅读中，优雅老去。

一路开花

二〇一八年十二月书于云南曲靖

目录

第一辑　每朵花本应芬芳

第二辑　人生需要回一回头

第三辑　有一种爱叫相依为命

第四辑　你的满足让我疼痛

第五辑　补丁也可以绣成花朵

第六辑　在行走中长大

第七辑　早晨从一朵花开始

第一辑

每朵花本应芬芳

忽然明白，每一朵花，都本应是芬芳、灿烂、快乐的，是我们自己先掐灭了孩子的天性，也掐灭了自己的快乐啊。那么，我眼前这些年轻的父母们，在不久之后，他们会不会也和孩子同时一步步地失去快乐的童年、少年和青年呢？我希望永远能够嗅到花的芳香，不知道这能不能做到？

听一场电影

这是一场特殊的电影，是一个志愿者组织的一次尝试，观众是30位盲人。

在他们面前，是一面不大的幕布，幕布前面还摆放了一排鲜花，站着一位手拿话筒的漂亮女孩，她是这场电影的讲解员。这一切他们都看不见，但是，他们嗅到了花香，听到了女孩轻轻的脚步声。

电影开场了。音乐响起，女孩大声讲解："片名出来了，叫《暖春》，画面上，出现了一个村庄，在山里面，刚刚早春，山上碧绿一片……"

"姐姐，绿色是什么样子的？"一个男孩问。

女孩迟疑了一下。接到讲解任务后，女孩就将这部电影反反复复看了十几遍，一遍遍练习讲解。她知道因为盲人什么也看不见，会提出很多问题，但没想到，第一个问题就将自己难住了。想了想，她告诉男孩，绿色就是小草的颜色、水的颜色，也是我们生命的颜色。男孩似懂非懂地点点头。

剧情在慢慢展开，每切换一个镜头，女孩都将画面描绘出来。

"现在，屏幕上是小花（电影里的主人公）和爷爷在草地上，草地上到处都是黄色的花朵，爷爷摘了好多花，编成了一顶小花帽，戴在了小花的头上……”

“小花高兴吗？”“戴着花帽的小花很漂亮吧？”“草地很大吧，好看吗？”盲人们叽叽喳喳地问。镜头其实一晃而过，幸亏女孩看了很多遍，在她的脑海里，这片金色的草地早已定格，她努力将自己脑海里的草地描绘出来。

“现在的场景是晚上……”女孩讲解说。

“很黑吗？是不是什么也看不见啊？”有个老奶奶不放心地问道。

女孩告诉她，有淡淡的月光。

“可是，姐姐，月光是什么样子的？”又是那个男孩。女孩笑着告诉他，月光是银白色的，洒在地上，像水银一样。女孩真怕他会问水银是什么样子的，没想到小男孩忽然高兴地说，我听到水银洒在地上的声音了，很清脆的，真好听。女孩笑笑，她只看见了月光，没有听见月光的声音。

电影里，因为爷爷收留了无家可归的小花，爷爷的儿媳妇很生气，常常趁爷爷不在家，欺负小花。“现在，小花从鸡笼里摸出了两个鸡蛋，她小心翼翼地将鸡蛋对着天空照，天空中有太阳。突然，屏幕上出现了儿媳妇凶狠的脸，儿媳妇恶狠狠地从小花手里抢鸡蛋，鸡蛋被打碎了，儿媳妇将小花的风车扔在地上，一只脚狠狠地踩在上面，将风车碾碎了……”

女孩讲解到这儿，影院里突然暴发了愤怒的讨伐声，“这个女人怎么这么凶狠啊？”“太坏了！”“小花太可怜了！”“爷爷怎么还没回来啊？”

屏幕里，传来小花凄惨的哭声和讨饶声……

所有的观众，都在抹眼泪。眼泪从他们干枯的眼窝里，不断涌出，几位老奶奶抑制不住，大声地啜泣起来。工作人员忙递给每位盲人几张餐巾纸。讲解的女孩也忍不住泪流满面，她没想到，一个他们什么也看不见的镜头，会让这些盲人如此激动。

电影的结局是，14年后，小花考取了大学，大学毕业后，回到小山村，成为一名小学老师。“现在的画面是，小花领着学校里的孩子们，在草地上放风筝，他们一起在向前奔跑……”盲人们的脸上，露出了灿烂的笑容。

电影结束了。没有一个人站起来，他们还沉浸在电影的情节里。

那个小男孩忽然站起来，怯怯地对女孩说，“姐姐，你的声音真好听，像电影里的月光一样。”

这是女孩听到过的，最好的赞美。她向30位盲人讲解了一部电影，她也第一次听到了月光的声音，那是一群看不见这个世界，但拥有一颗敏感的心的人们，才能听见的天籁。

请写一则寻找妈妈的寻人启事

作文课。老师教完了应用文写作后，当场给学生们布置了一个题目：假设自己的妈妈丢了，请每一个人写一则寻人启事。老师还给每个同学发了一份寻人启事样本，大家可以照葫芦画瓢，但是，里面的内容必须根据自己母亲的真实情况撰写。

同学们似乎还没有反应过来，自己的妈妈丢了，写一则寻人启事？面对着寻人启事样本，同学们一时都不知道该如何下笔。

见同学们都没什么动静，老师说，这样吧，我再讲一遍寻人启事的要点，大家一边听，一边写。首先，写下丢失人的姓名。

大家埋头在纸上写了自己妈妈的名字。

老师说，性别。

女。大家刷刷写下。

丢失人年龄。老师的话音刚落，班级里就炸开了锅。有人说，我妈好像42岁了吧。有人说，我妈妈从来没告诉过我她多大啊。有人说，我今年14岁，我妈妈该有三十八九岁了吧？几十个同学，竟然没有一个人能够准确地说出自己妈妈的年龄。

老师摇摇头，年龄先空着吧。下面是最重要的部分，请写出丢失人的体貌特征。

“我妈妈特别爱唠叨……”“我妈妈很勤快，每天都要洗很多衣服，还要做饭，搞卫生……”“我妈妈总是要管我，连电视都不让我看，说我浪费时间……”“我妈妈最疼我了，有什么好吃的都留给我……”大家七嘴八舌，似乎对自己的母亲很了解。老师打断了大家的话，同学们说的，也许是你母亲的特点，但是，现在请大家写的是母亲的体貌特征，比如脸上有颗痣，手背上面有道伤疤，腰杆有点弯曲什么的。

同学们停止了议论，歪着脑袋，努力回想着妈妈的形象。每天都见到的妈妈，到底有些什么体貌特征呢？脸上有没有长痣？好像是有的，但想不起来在哪了。妈妈干活时，经常会受伤，可是，哪儿留下过伤疤？倒真的没注意过啊。妈妈的腰杆这几年确实有点弯曲了，总是直不起来，可能是太累了的缘故吧？可是，好像每个人的母亲都是这样的啊，这也算是体貌特征吗？

同学们勉强写下了几个特征，既像是自己母亲的，又好像不太像。

老师说，请同学们再写下，今天妈妈穿的是什么衣服和鞋子。如果妈妈真的丢了，那么，最后离开家时穿的衣服，将是很重要的鉴别辨认依据。

班级里再次炸开了锅。穿着干净、漂亮衣服的同学们，叽叽喳喳地议论开了：哪个同学早上新穿了一双运动鞋，大家立即注意到了；最喜欢的那个电影明星，喜欢穿什么样式、什么牌子的衣服，大家总是一清二楚……可是，早上和自己一起出门，甚至骑着车子将自己送到学校门口的妈妈，穿着什么颜色的、是什么样式衣服，却真的没有留意，从来也没有留意。

作文课彻底失败了，一个简单的寻人启事，竟然没有一个同学写完整、准确。老师最后面色凝重地对大家说，不是寻人启事难写，是大家对自己的妈妈，根本就不关注、不了解啊。

儿子盯着我，盯着我，似乎要把我深深地刻印在脑海中。他告诉了我，发生在作文课上的事情。我相信，那堂作文课上，儿子一定已经受到了很大的震撼。我摸着儿子的头，告诉他，天底下的爸爸和妈妈，都是用心去看自己的孩子的，所以，孩子的每一个细小动作，都逃不过父母的眼睛。记住爸爸妈妈其实一点也不难，只要用心，就足够了。

眼睛看到的会漠视，或者忘记，而用心记住的，会珍藏一生。

·危机处理

1月24日,星期天。杭州。一个名叫山水人家的小区。宁静的小区道路两旁,停满了私家车。谁也没有想到,平时停得好好的小车,瞬间惨遭毒手,被利器划得伤痕累累。停在路边的几十辆小车,无一幸免。粗略估计,仅这些划伤的修理费,就需要四五万元。有人报警。愤怒的车主们发誓要揪出恶意划车的人。

小区的监控被调了出来,从监控录像上可以看出,是一大一小两个孩子干的,大一点的像个小学生,脚下还踩着滑板车,小的估计才上幼儿园。他们一路走,一路划。这是谁家的孩子?胆子也忒大了!太没教养了!但监控看不太清,没人认识这两个孩子。

警方开始调查。网络媒体和第二天的报纸上,都报道了这件事。

第二天下午,一位妇女给派出所打电话说,划伤汽车的是她的孩子。

她也住在那个小区。她是第二天才从网上看到了小区车子被划伤的帖子,帖子中描述的两个孩子,大的很像她的孩子,而小的是她同学的孩子。当时,两个孩子下楼去玩。时间、地点、两个孩子的特征,都吻合。她赶紧跑到小区物业处,调看了监控录像。果然是她的孩子。

她意识到问题的严重性。冷静下来后，她是这样处理的——给派出所打电话，毫不犹豫地告诉民警，车是自己的孩子划的，我们将承担全部责任。

晚上，儿子放学回家。问他，是不是你干的？儿子低头不说话。她对儿子说，你是男子汉，是你做的，就要勇于担当。儿子承认，是他干的。又问他，如果你的折叠车被人划伤了，你心不心疼？儿子说，心疼。她说，你的折叠车几百元就可以买到，而人家的车，一二十万，有的甚至上百万，你说会不会心疼？儿子向她连鞠了几个躬，说，妈妈，我错了！

打印了一份致歉信，向所有被划伤的车主表达歉意，并表示承担全部责任和修理费用。致歉信复印了几十份，张贴在小区所有的出入口和楼梯口。

她联系了一家信誉很好的汽车修理厂，负责修理所有被孩子划伤的汽车。

第二天、第三天，连续两个晚上，等儿子做完作业，她领着孩子，挨家挨户登门道歉。她要求，门铃都由儿子自己来摁。这是让儿子面对错误的第一步。儿子在课余折叠了很多个纸船，上面都醒目地写着“对不起”三个大字，他要将这些船作为礼物，送给车主们。每到一家，孩子一进门就说：“对不起，我不知道划车的后果这么严重，请你们原谅我。”所有的车主都表示，原谅孩子。

她对儿子说，叔叔阿姨都很包容，原谅了你，但是，你要记住，千万不要把别人的包容当成自己犯错的借口，你要敢于担当，知道什么叫责任心，要学会感恩。

一场危机，被这位母亲成功地化解了。剑拔弩张的人们，怒气消去，一张张冰冷、失望的脸，露出了笑容。而作为犯错孩子的母亲，自始至终，她没有推卸责任，没有逃避，也没有雷霆大怒。事情圆满解决，车主们都很满意，更重要的是，孩子认识了错误，学会了担当，获得了原谅。我想，他这辈子都不会忘记这次教训，但也不会在心灵上留下难以弥补的阴影。

一位当事的车主说，孩子的妈妈这么做，我很佩服。说句实话，遇到这样的事情，不是每个家长都能处理得这么及时，这么果断，这么勇于承担的。这位母亲，非常了不起。

作为一名旁观者，我一直通过媒体，关注着这件就发生在我身边的故事。从这位母亲身上，我深深体会到，要想我们的孩子学会担当，有责任心，我们做父母的，首先自己要敢于担当，善于担当。这，你能够做到吗？

每朵花本应芬芳

一帮年轻的父母聚在一起，话题不知不觉扯到孩子身上，有人提议，每个人讲个自己孩子有意思的事情。提议得到了一致赞同。要说自己孩子的趣事，谁不是几箩筐也盛不完啊。

一位妈妈先讲了自己二岁半宝宝的故事。她说，自己的宝贝女儿非常调皮，带她的外婆根本对付不了她。有一天，她正在上班，宝宝又在家里淘气了，她就打电话回去，想吓唬吓唬她，故作严肃地对她说："你要是不乖，等会儿妈妈回家了，一定要给你点颜色看看。"女儿不吱声了，哈哈，一定是被唬住了。没想到，过了一会儿，女儿突然嗲嗲地说，"妈妈，你别忘了，宝宝喜欢的颜色是粉红色哟。"

多可爱的妞妞啊。众人都笑翻了。

另一位妈妈接着说。她家的宝宝，是个不到三岁的男孩，似乎有问不完的问题。这不，问题又来了：妈妈，为什么地球在转，我们却感觉不到呢？妈妈想了想，告诉他，那是因为我们很小，地球很大，所以感觉不到。儿子说，但是我有个办法可以感觉到它在转。说完就在原地转起了圈圈。一连转了十几个圈，最后东倒西歪地停了下来，晕晕乎乎地说，妈妈，我现在感觉到地球在转了。

多伶俐的孩子啊。众人笑得也是东倒西歪。

一个爸爸接了茬。那天，带四岁多的儿子骑车出去玩，骑到半路上，突然下起了雨，仲秋的雨，打在身上，已带有丝丝寒意。慌乱之中，赶紧拿出雨披穿上，怕儿子淋雨，所以，用雨披将坐在后座上的儿子挡了个严严实实。儿子躲在雨披下面，两只小手将雨披撑起一角，高兴地大叫："包头雨，今天下包头雨！"

多乐观的孩子啊。众人纷纷竖起了大拇指。

一位妈妈笑着讲起了儿子的一桩糗事。二岁多的儿子在拉便便，突然，放了一个响屁，站在一边的奶奶故意逗他，佯装嫌恶状地问："宝宝，你刚才是不是放屁了啊？"儿子抬起头，想了想，很镇定地回答道："不是的。是我的屁股在唱歌呢。"

多幽默的回答啊。众人笑得前仰后合。

前面一位妈妈又补充了一件自己孩子的趣事，孩子刚上幼儿园的时候，午睡时间到了，幼儿园老师让孩子们上床睡觉。可是，儿子翻来覆去，就是睡不着，老师问他，为什么还不睡觉啊？这小子看着幼儿园老师，一本正经地回答，我是来幼儿园学本领的，不是来睡觉的。

大家七嘴八舌地谈论着，交流着，发生在孩子身上的每一件事，都是那么有趣，那么可爱，那么搞笑，那么温暖，孩子使他们原本平淡的生活，充满了变数，也充满了快乐。

我静静地听着他们的讲述。我的孩子，今年已经读高中了，即将迎来人生中最重要最艰难的考试——高考，一天二十四小时中，除了睡觉和吃饭不得不"浪费"（儿子的原话）掉的八九个小时外，他的全部时间都用在了看书和做大量的习题上，他甚至连和我们说句话的时间和精力都没有了。而我们，因为害怕打扰他，在家里走路都是小心翼翼地踮着脚尖走。看着眼前这些年轻的父母们，我忽然想，我的儿子，在他年幼的时候，也是充满童趣，活泼、调皮、可爱、搞怪，给我们带来无数的欢笑和温暖，从什么时候开始，这种生活突然变了，变得如此沉闷，如此压抑，如此不堪的呢？

忽然明白，每一朵花，都本应是芬芳、灿烂、快乐的，是我们自己先掐灭了孩子的天性，也掐灭了自己的快乐啊。那么，我眼前这些年轻的父母们，在不久之后，他们会不会也和孩子同时一步步地失去快乐的童年、少年和青年呢？

我希望永远能够嗅到花的芳香，不知道这能不能做到？

命运可以随时拐弯

他是个出了名的问题孩子，逃学、捣蛋、捉弄老师、欺负同学，可谓“无恶不作”。同学怕他，讨厌他，避之唯恐不及；老师也对他渐渐失去了耐心，放任自流；他的父母，一个重病缠身，一个苦于生计，想管也管不了。除了偶尔被老师拿着花名册点到名字外，他已经差不多被人遗忘了。

这是个偏僻的山区学校，贫穷是笼罩在很多孩子身上的共同特征，每年，学校都会拟定一份名单报给教育局，以方便那些好心的捐助者选择资助对象。很显然，并非每个孩子都能上这份名单，有幸被选上名单的，都是品学兼优的孩子，学校会在每个名字的后面，附一份该同学的学习和表现情况，这是非常关键的一张纸，很多捐助者就是据此选择他们要帮助的孩子。因此，能上名单，就意味着不但可能得到一份资助，而且，也是一份“荣誉”，它说明了学校和老师对自己的肯定。

又一份名单报上去了。

一天早晨，还没有上课，他早早地来到了学校。这是他第一次这么早走进学校。在班主任的办公室外徘徊了许久，他下定决心，走了进去。他从书包里,小心翼翼地摸出一张纸片,递到老师面前:“老师,这是我昨天收到的汇款单,是一位上海的叔叔捐给我的学费。谢谢老师!”

老师简直不敢相信自己的耳朵,他也收到了捐助?而老师清楚地记得,报上去的名单里,根本没有他的名字啊。老师接过汇款单细看,收款人果然写着他的名字。虽然心存疑惑,老师还是决定,把这个好消息告诉全班同学。

当老师在班级里宣布这一消息时,班级里一下子变得鸦雀无声,所有的眼睛都齐刷刷投向他。疑惑,羡慕,感叹,什么表情都有。而第一次被这么关注,他激动得满脸通红,腰板挺得笔直。他从来就没有坐得这么正过。

这天,他第一次没有在课堂上捣乱,每一堂课,听得都非常认真。

放学了,他才收拾书包,跟在同学们的身后,走出学校。这是他难得一次没有早退,按时放学。

第二天,他又是一早来到了学校。教室里还没有人,他将教室的地,扫了一遍,然后,坐下来,打开书本,读书。同学们陆续走进了教室,惊诧地看着他。上课了,他第一次按时上交了作业本。

他惊人的变化着。不再迟到。不再早退。不再恶作剧。不再四处捣蛋。上课时,他安静地坐在自己的位子上,听老师讲课。老师提问时,他第一次举手发言。月考时,他的试卷上,第一次没有出现红色……

班主任对他做了一次家访。

他拿出了一沓信。“这都是资助我的叔叔寄来的。”他忽然有点不好意思,“叔叔在信中说,是老师推荐我的,老师在推荐信里说我是努力、上进、优秀的孩子。我没想到老师会这么夸我。”他偷偷瞄了一眼老师,黑黑的脸,泛出红晕。“叔叔还说,他会一直支持我上学,直到我上大学。我不会让老师和叔叔失望的。”他紧紧地咬着嘴唇。

老师一脸迷茫，这份推荐信显然不是他写的。怎么会这样呢？老师也想不明白。但是，不管怎样，有一点可以肯定，他彻底改变了。老师坚定地拍拍他的肩膀。

谜底直到几年后才揭开。他考取了一所重点大学。资助人也赶来庆贺。班主任老师私下里问资助人，当初为什么会选择他这样一个问题学生？资助人一脸错愕，你们的推荐表上写的是优秀学生啊。资助人正好带来了最初的那张推荐表。班主任一看，上面潦草地手写着许光军。那是另一名学生。而他的名字叫许辉。

多一句话

从医学院一毕业，他就进了父亲的诊所，成了和父亲一样的乡村医生。

父亲的诊所，方圆十里八乡都很有名，每天就诊的人，排成长队，也没几个人愿意到几步之遥的卫生院去看。医药费便宜，是它最大的特色。在市医院看一次腹泻，得百十元，到父亲的诊所看，十几元就药到病除。从他进诊所的第一天开始，父亲就谆谆告诫他，诊所是为乡邻们开的，不以盈利为目的，在任何情况下，都不能开大处方。他将父亲的话牢记在心。

他进诊所，是被看作来接父亲的班的，父亲年龄渐大，一天看几十个病号，已经吃不消了。而他本可以像他的同学一样，选择进大医院，薪水一点也不比诊所所得低。父亲是当年被打成“右派”，从城里的大医院下放到这里的，在他们家最困难的时候，得到了淳朴的乡亲们的照顾和庇护，所以，后来父亲被平反后，坚决地放弃了回城的机会，在乡里扎了根。他对那段艰苦的生活，也有印象。正是出于同样的感恩之心，他也选择了回乡。他成了父亲得力的帮手。

诊所只看一些普通的病症，诸如感冒、腹泻、炎症之类。如果病情复杂，他们会立即建议病人上大医院诊治，以免延误。对他来说，这可谓小菜一碟。读大学时，他就成绩优异，兼之每年寒暑假都能在父亲的诊所里实习，可以说，他的医术已经一点也不比父亲差。而他看过的病人，也确实都很快痊愈了。然而，奇怪的是，来看病的人，大多仍然会选择让父亲看。有时候，看到对面父亲的诊室前排着的长队，而自己门前病人稀稀落落，他会涌起一股莫名的失落感。

老父亲似乎也注意到了这个现象，他查看了儿子的门诊记录，没开过大处方，药方也都是正确的；儿子看病时的态度，问诊周到，热情友善，也没毛病啊。不过，在连续留意几天后，老父亲还是发现了问题，老人决定让儿子陪自己在门诊待几天。

他坐在父亲身边，观摩父亲诊治。对待每一个病人，父亲详细问诊、把脉、察看舌苔、摸腹，然后，给病人开处方。他特别留意了父亲所用的药，与他的判断，几乎一致，根据病人的病情，他也会开出这个药方的。一切似乎与自己的诊治，都没有什么差别啊。

老父亲也不着急，只顾自己和平时一样，一个接一个看病。一个姑娘，陪着一位老人来看病，肠胃不舒服。老父亲仔细问诊检查后，确诊是消化不良。开好药，老父亲对老人说，老哥，我刚刚检查了你的咽喉，你还有慢性咽炎啊。老人连连点头，是啊是啊，难怪经常感到喉咙不舒服，你也给开点药吧。老父亲摇摇头，慢性咽炎重在保养，你一定抽烟吧？听我一句话，把烟戒了。烟不戒，吃什么药，你的咽炎也好不了，会反复发作的。默默地站在一边的姑娘忽然激动地插嘴说，爷爷，你听见了吧，医生都让你戒烟，你就是不信。老人看看姑娘，又看看医生，憨憨地说，是得戒了，戒了。姑娘搀扶着老人站起来，笑着对老父亲说，医生，谢谢你，你的话他听。

看着这一幕，他猛地一震。自己每次看病，都是开完了处方，就急着看下一个病人，根本没时间再和病人交流，而老父亲似乎总会比自己多说那么一两句话。这一发现让他惊喜不已，他继续坐在父亲身边，观摩父亲看病。下一个病人牙痛，老父亲检查后，确定是牙周炎，老父亲开好药，问病人，是不是喜欢吃咸货？病人直点头，最喜欢吃腊肉和咸菜了，每年冬天，家里都会腌很多咸货，一直要吃到夏天呢。语气里透着满足和自豪。老父亲摇着头说，咸货开胃，但吃多了，有害健康，还是少吃点吧。病人捂着腮帮子，点点头，电视上也这么说呢，听你的，今年就少腌点咸货。

几天的陪诊结束了，儿子回到了自己的诊室。一位年轻妈妈领着孩子走了进来。孩子肚子疼。化验单显示，孩子肚子内有蛔虫。他很快就开好了药方，递给孩子妈妈。然后，他拉过小孩的手，看了看他的指甲，笑着对小孩说，你看看，你的小手指甲太长了，里面藏着好多小虫呢，一不留神就跑进了你的肚子里，记得要多洗手，常让妈妈剪指甲哦。男孩腼腆地低下了头，妈妈弯腰对孩子说，听到了吧，医生叔叔的话，是不是跟妈妈讲的一样？男孩看看他，又看看妈妈，点了点头。

他微笑地目送年轻妈妈拉着孩子的手离开。他的心里暖暖的。又一个病人走了进来。

瞄 准

他躬着腰，低着头，蹑手蹑脚，向芦苇深处走去。

风从江边吹来，干枯的芦苇沙沙作响。虽然已是隆冬了，但是阳光还是将大地烘得暖融融的。气候变暖了，连南迁的候鸟，不知道从哪年开始，飞到这儿也停下了，不再往南飞。而以前，这里只是他们迁徙过程中的一个休息站。现在，这片湿地，成了众多从北方飞来的鸟儿的越冬地。

除了轻微的风声，空气中四处都是翅膀的振动声，他熟悉这些声音，清脆、干净、温暖，像丝绸从指间划过的声音。他是这一带有名的猎手，空中的鸟儿，即使飞得再高，也难逃他锐利的眼睛以及百发百中的猎枪。子弹呼啸而出，天空中旋即有一只黑影，孤独地应声而落。从无意外。

他找到一块稍高一点的干地，蹲伏下来。

望过去，不远处就是江涂，鸟儿们此刻都在那儿戏水、觅食、打盹儿，或者互相梳理羽毛。午后的阳光，将江涂之上的鸟儿们，晒得暖洋洋。

他的目光，在鸟堆里梭巡。

最多的是野鸭，好看的绿头鸭，调皮的翘鼻麻鸭，贪吃的斑嘴鸭，还有叫声响亮的瑟嘴鸭，他认得他们，就像熟悉的邻居。此外，还有几只大雁，悠闲地踱着方步，甚至还有几只色彩斑斓的黄鹂鸟。他的目光从他们身上掠过。这些，都不是他今天的目标。

他继续在江涂上搜寻。它们应该就在这儿啊。

突然，他的眼睛一亮。在一撮芦苇边，他看到了几个细细高高的身影，没错，就是它们。热血一下子涌了上来。

他揉揉眼睛，确认就是它们。一二三四，对，果然是四只，他们告诉他，总共四只。它们埋头在江涂上觅食，对他浑然不觉。他一只只看过去，真是太美了，身上是白色的羽毛，翅膀却是黑色的，展开来，就像一幅黑白水墨画，而细长的脚，则像高挑的舞者，性感、美艳。没错，就是它们，东方白鹳，整个地球上不足三千只，它们比白金还珍贵啊。

他将目光缓缓地从它们身上收回。熟练地从背上卸下猎枪，擦擦枪管，推上子弹，然后，装上消音器。他以前从不用消音器，为了这次行动，他特地请朋友定做的。

他端起猎枪，瞄准。

十字准星，从江涂上划过。一只鸟，又一只鸟。准星所及，无不打了个寒战，似乎它们能够感受到来自芦苇丛中的枪管冷冰冰的力量。

枪口在那群东方白鹳的身上，停了下来。

一只东方白鹳，又一只东方白鹳。他犹豫着，不知道瞄准哪一只。最后，他的目光和枪口，同时落在了最后一只东方白鹳身上，它一会低头觅食，一会警觉地抬起头，它看起来比另外几只东方白鹳显得紧张。

他把枪口向空中抬抬，直指蓝天，那将是鸟儿振翅飞起来时的高度。这也是被他瞄准的鸟儿，最后能够飞起的高度。

做好了这一切，他长吸一口气，然后，捡起一块土疙瘩，向江涂上扔去。

鸟儿都惊恐地飞了起来。

东方白鹳也都惊恐地飞向空中。那只他瞄准的东方白鹳，也拼命地扇动翅膀，向前奔跑，企图飞起来。

它细长的腿上，缀着一件东西。这使它奔跑起来很别扭，也很困难。他看清楚了，那是一只金属鸟夹。它的生命力可真强啊，被鸟夹夹上后，它竟然能够拖着鸟夹，逃开了。

在其他鸟儿惊慌的呼叫声中，它终于也飞了起来。高空，那才是它们自由的家园。他沉着地、缓缓地抬起枪，枪管移动的速度，与它向上升腾的速度，完美地一致。

另外三只东方白鹳在空中盘旋，等待着他们的伙伴。它吃力地努力飞向它们。

他再一次瞄准，然后，右手食指轻轻地、冷冷地扣动了扳机。

"砰——"消音器掩盖下的枪声，像一粒豆子，在炒锅里炸响。

子弹划破空气，如丝绸破裂。

突然，它一个趔趄。

打中了！

一个黑影，从半空坠落。正是那只金属鸟夹。子弹将鸟夹与东方白鹳的脚的连线，击断了。

东方白鹳，鸣叫着，向天空飞去。它的细长的双腿，有力振动的翅膀，在空中，划出优美的曲线。

他收起枪，仰视天空。多么蓝的天啊。

改变世界的力量

儿子让他去城里住几天。儿子大学毕业之后，在城里找了工作，谈了女朋友，结了婚，现在，总算也买了属于自己的房子，这都是儿子自己努力的结果，他这个当爹的，基本上没帮上什么忙，除了当年供他上学之外。听说这几年城里的房子贼贵，一个卫生间，就远远超过他家四间大瓦房的钱，换句话说，即使他和老伴将乡下的老宅买了，连给儿子买个茅坑都不够。

城里他也是待过的，那还是十多年前的事了。那时候，儿子刚考上大学，这可是整个村庄的骄傲。可是，高昂的学费，让他犯了难，靠土坷垃里抠点钱，根本担负不起。不得已，他也进城了，加入了农民工大军。他没文化，又没技术，只能找最脏最苦最累的活，他扫过马路，帮人家看过仓库，做过扛包的苦力，在毒日头下挖过一个个坑，汗流浃背地踩过三轮车，最后，一个做包工头的老乡，将他领了过去，在老乡的施工队里做小工。老乡的施工队，盖了一幢又一幢楼房，眼看着一片片光秃秃的土地上，竖起一幢幢漂亮的房子，他眼睛都看直了，城里的房子可真漂亮啊。工友们见他看傻了的样子，跟他逗乐取笑，你也给儿子先买一套吧，这样，儿子将来毕业了留在城里，就算有个根了。他嘿嘿干笑几声，就他那点工钱，勉强供儿子上学用，年底了，连回家的路费，往往都得跟工友借，在城里买房子？下辈子吧。

还是儿子有出息，工作才五六年，就在城里买了房子，虽说房子很小，又破旧，是十几年前的老房子，听说还向银行贷了一大笔款，但到底在城里有了自己的窝，而且，人家银行肯将钱借给你，凭什么？说明你可信，有能耐，能还得起。他想，儿子在城里，这就算真正站住脚了。不像自己，虽然也在城里流血流汗打拼了三五年，可是连个小小的印记都没有。谁知道你也在这个城里生活了几年呢，施工队盖过那么多房子，但他不是瓦工，没砌过一块砖；不是木工，没刨过一根木；不是电工，没拉过一根电线……他只是个小工，搬来运去，扛东递西，几乎每一颗黄沙，每一粒水泥，每一块板材上，可能都留下过他的汗水，但仅凭这一点，就认为楼房是自己盖的，他可不好意思说。儿子大学毕业后，他就拖着疲惫的身子，回到了乡下，他太累了，身子骨已经不行了，而且，他也实在放不下地里的庄稼、圈里的牲口，还有厨房里的老伴。

又要进城了，这让他有点激动。他不知道，好多年过去了，城里变成什么样了？十几年前，新盖的楼房，高大的脚手架，睡过的低矮的工棚，黑乎乎的饭盒子……排着队从他面前闪过。忽然，有一抹浅浅的绿色，一闪而过。那么绿，那么翠，那么嫩。他想啊想啊，终于想起来了。对了，就是它，爬山虎。那天，在杂乱的工地上，他发现了一株爬山虎的幼苗，从一堆建筑材料中探出了几片嫩芽。他认得它，乡下到处都能见到它的影子，如果是在庄稼地里见到它，它会毫不犹豫地将它连根拔起，扔掉。可是，现在是在城里，在到处是砖头水泥和钢筋的建筑工地上，这一抹绿，显得那么无辜，那么脆弱，也那么好看。他弯下腰，小心翼翼地将它连同边上的泥土，一起挖了起来。然后，他找到一幢刚竣工的楼房墙角，将碎砖碎瓦扒开，种了下去，并从工棚后面，为它弄来了几捧泥土，覆盖在它的周围。种下爬山虎不久，他们就搬到了另一个工地去施工了，他也慢慢忘记了它。不知道为什么会突然又想起它，也许那是在他看来，唯一带给这个城市的改变吧。这么多年过去了，那株当年的爬山虎，也许早枯死了，或者什么时候被人当作野草拔除掉了。

儿子在车站接到他，然后一起坐公交车，回儿子的家。城里的变化太大了，他完全认不得它了。

辗转来到儿子住的小区。是个老小区，房子都有点破旧了，很多房子的外墙，变得斑驳，与周边的新小区相比，显得有点寒酸。模模糊糊有点印象，但他不能确定，当年他们有没有在这个小区施工过。

儿子的家在二楼。只有一个房间，一个客厅，客厅还正对着另一幢楼的外墙。儿子没有足够的钱，买面积大一点，朝向好一点的房子。他拉开客厅的窗帘。他突然怔住了，只见对面那幢楼的墙壁上，爬满了爬山虎，从儿子家客厅的窗户望过去，郁郁葱葱，就像一片绿色的海洋。

他问儿子，对面墙上的爬山虎，是谁栽种的？儿子回答，听老邻居说，那幢房子刚交付时，就有了，也许是飞来的种子扎了根，也许是有人无意间种下的。也没人特别在意他，十几年下来，就爬满整面墙了。

他的眼睛，忽然有点涩，有点湿，有点热。他揉揉自己的眼睛，他不能确定，它就是自己种下的那株爬山虎，但他想，不管是谁种下的，它改变了一面墙，也改变了这个世界。

对方撤回了一条消息

俗话说，说出口的话，如泼出去的水，是收不回的。但今天可以了，在微信和QQ上，你可以撤回你刚刚说的话。

手机发出“嘀”的提示音，表示你收到了一条消息。忙打开，迫不及待地看看，是谁又在与自己说话。未及看，或还没有看完，那句话却忽然没了，屏幕上显示“某某撤回了一条消息”。

每天，我们的手机都会收到大量的信息，包括别人与你说的话，其中的绝大多数，都属于可有可无的话，即垃圾信息。你也许为此不胜其烦，但有一条消息，一定能够引起你的关注，那就是“对方撤回了一条消息”。

一条撤回的消息，就像一个秘密，让你迫切地想去一探究竟；或如一个诱饵，瞬间勾起你强烈的兴趣。你想知道，那是怎样的一句话？是对方不慎讲出的真话，还是一句发错了对象的话？总之，这个撤回的消息，让人顿生无限遐想。

我有一个小同事，给小女友发了一句话，也就是日常的一句问候。发完了，回头一看，打错了两个字，犹豫了一下，就撤回了，准备将错字改正了再发过去。没想到，小女友立即发来信息问他，刚才你说的话，为什么又撤回了？看样子，小女友没看到他刚刚发过去又撤回来的那句话。他就解释，一句问候而已，打错了两个字，所以撤回了，并将改正后的问候又发了过去。小女友并不相信他的解释，责问他是不是把发给别的女孩的话，错发给了自己，所以，才赶紧撤回了？小两口为此闹得不可开交，从那以后，这个小同事再也不敢将发给小女友的话撤回了。

有一对男女，互有好感，但窗户纸一直没捅开。一天，男孩给女孩发了一条消息，不知道为什么又撤回了。女孩就琢磨，男孩撤回的那句话，是不是对自己的表白？是不是因为害羞，又悄悄撤回了？女孩就追问男孩，刚才那句话到底是什么？并委婉地暗示男孩，有什么话你直截了当地说出来。话说到这个份上，其实已经差不多水到渠成了，男孩本可以顺水推舟地来一番大胆表白，捅破那层窗户纸。可惜，男孩不解风情，告诉女孩，发错了，并将发给别人的话，复制给女孩，以为佐证。

有个人，加入了很多群，也总是积极发言，刷存在感，但或许因为所言无趣，一直未引起关注。这让他很苦恼。一日，又加入某群的话题讨论，照例踊跃讲话，依旧没有什么人搭他的话茬。同时，他又与另一朋友私聊。转换之间，无意将发给朋友的一句话发到了群里，于是，赶紧撤回。熟料就因为撤回了这句话，他瞬间成为群友们关注的对象，很多人@他，穷追不舍地问他，刚刚撤回的消息是什么？他第一次在群里有了存在感，虽然让人哭笑不得。

因为被撤回了，一句本无关紧要的话，就披上了一层神秘的外衣，勾起人强烈的兴趣。越是看不到，人们往往越是想刨根问底，一探究竟，这就像欲言又止一样，总是令人心生遐想，琢磨不透。据说，有技术可以将对方撤回的消息再找出来，我想，大多时候结果恐怕要令人失望，因为你会一次次发现，那些被撤回的，也几乎都是可有可无、无关紧要的一句话而已。

我们所说的话，其实大多是废话，说与不说，并不要紧，很多时候，恰恰是少说反而有益。如果生活中我们也能够撤回自己说的一些话，世界或许会平和很多。

转角遇到爱

黄昏，居民楼下陆陆续续聚集了不少老人，一边摇着扇子纳凉，一边说说话唠唠嗑儿，十分热闹。

老人都是这里的住户。这是个老小区，楼房都是六层的，一二层住着的基本上都是老人，有的老人原来住的楼层高，和下面低层的年轻住户一商量，调换了房子。住在低层，对行动不便的老人来说，方便。可是，一二层的房子终归有限，住户里的老人又多，不少人家是三代同堂，住在上面的老人，上下楼就很不方便。以前，经常能看到住在楼上的老人，手里拎着个小椅子下楼。椅子除了来到楼下坐坐外，主要的功能还是上楼回家的时候用，爬一层，放下椅子，坐一会，喘口气，养足了劲，再爬一层。有的住在楼上的老人嫌费事，干脆不下楼了，成了宅老。

不知道从哪天开始，三楼的转角处，放了一把椅子，以为是谁忘记拿回家了，但很多天过去了，椅子一直在，显然，椅子是谁特地放那儿的。上下楼的老人，爬楼梯累了，走到三楼转角处，正好在椅子上坐一坐，歇歇脚。三楼转角处的椅子，成了楼上老人的中转站。下楼的老人，慢慢多起来了。

不久，五楼、四楼、二楼的转角处，也都分别放了一把椅子。有的是木椅子，有的是竹椅子，二楼放的竟然是一把小型的旧沙发。没有人知道是谁放的，也许是哪位住在楼上的老人，也可能是某个家有老人的年轻后生。有什么关系呢。拐角处的这几把旧椅子，给上下楼的老人，带来了很大的方便，纵使是住在最高的六楼的老人，现在也敢下楼来了。楼下有一小片开阔地，那是老人们聚集的地方。

于是，经常见到这样的场景。某个老人累了，准备回家休息去了。爬到二楼，在椅子上小坐一会，顺便从楼梯口探出脑袋，向下面的老伙伴们挥挥手。上到三楼，或者四楼，或者五楼，再停下来，坐一坐，再探出脑袋，挥挥手，这回是真正的告别。老人安全地到家了。楼下的老人们也挥挥手，继续着他们开心的话题。

孩子们也很喜欢这些椅子，但他们不是坐，而是爬上椅子，将半个身体趴在楼梯口，朝下面嘻嚷，这让坐在楼下的老人们惊出一身冷汗，呼唤孩子赶紧下来，危险。有的孩子调皮不听话，就有一位老人气喘吁吁地爬上楼，将孩子拽下来。下次碰到孩子的父母，不忘叮嘱一声。都是住一个楼洞的老邻居，熟悉得跟家人一样。

楼梯转角处的椅子，成了这幢老居民楼的一道风景。

可是，问题也暴露出来了。老楼房，楼梯本来就窄，又放了把椅子，上下楼就有点碍手碍脚，特别是搬动大一点的家具物什的时候。某天，一位住在四楼的中年男人想出了一个办法，不知道从哪弄来了一把可以折叠收起的椅子，然后，在拐角处的墙壁上，钻了几个眼，将折叠椅安装了上去。需要坐的时候，将椅子放平，贴墙而坐，不需要的时候，就将椅子再靠墙折叠起来。一点不碍事。

折叠椅受到了老人们更加热烈的欢迎。一把折叠椅，成本需要一两百元，老人们商议自己凑钱，将每个楼层都安装一把。一位做小生意的居民，自告奋勇拿出了一笔经费，又购置了四把这样的折叠椅，将二楼以上都安装上。住在一楼的一位老人的女婿是一家装修公司的工人，利用一个周末，将几把折叠椅都安装好了。

老人们开心极了，上下楼再也不那么艰难了。除了可以每天下楼，和老伙伴们见见面，聊聊天以外，最让他们开心的是，他们甚至可以邀请以前的老朋友、老同事、老伙伴，上自己的家里做做客了。住在楼上的老人，已经很久没有互相串门了，上下楼对老人来说，都太难了。现在，他们在发出邀请的时候，不忘叮嘱老伙伴一声，楼梯口都有一把折叠椅，可以坐下来喘口气，不着急啊。

这是发生在我所居住的杭州城的故事，这幢老式居民楼拐角处的椅子，成为一道靓丽的风景，让附近居民楼里的老人们艳羡不已，不过，别急啊，据说，政府已经拨出专款，在所有老居民楼里推广。

转角处的一把椅子，让我们感受到了对老人的关爱和温暖。有时候，爱就这么简单。

每个人都有一个自己的舞台

他拘谨地站在我的面前，脸上带着憨憨的讨好的笑，不停地搓着双手，显得局促不安的样子。我犹疑地看看朋友，朋友看出了我眼中的困惑，拍拍他的肩膀对我说，他是我工地上最好的水电师傅，漏水那点小事，保准他手到擒来。

家里卫生间滴滴答答漏水，已经很久了，找过物业，找过家政，都没找到症结。朋友听说后，向我推荐了手下的一名水电师傅，夸他手艺如何如何好。可是，站在我面前的这位水电师傅，样子看起来就木木讷讷，老实得连话都说不利索，他能行吗？

走进卫生间。他放下工具，蹲下身，侧耳倾听。我也在他身边蹲下来。滴滴答答的漏水声，若隐若现，忽大忽小，飘忽不定。然后，他站起身，手拿一把小木槌，这里敲敲，那里捣捣。我对他说，以前来过几个师傅，也是你这样四处听听，敲敲，捣捣，最后，到底是哪里漏水，却没找出来。话里是对他的做法也不信任。他只是轻轻哦了一声，头也没抬，继续一块块瓷砖敲过去。忽然，他在墙角的一块瓷砖前停下，弯下身，将耳朵紧贴在瓷砖上。我张开嘴，想告诉他，那个拐角，别人也检查过了，没问题。他摆摆手，示意我别出声。倒指挥起我来了，我没好气地瞥了他一眼。听了一会儿，他直起腰，语气坚定地对我说，就是这儿，下面的水管破裂了，需要将这几块瓷砖都敲了，才好修。真是这儿吗？真要将瓷砖敲了？是的！他的口气不容置疑。如果你确定，那就这么干吧。

他挽起袖子，从工具包里，拿出小榔头、凿子，开始敲瓷砖。没想到，一干起活，他就像彻底换了一个人一样，完全没有了刚见到我时的拘谨、木讷和局促。只见他左手握着凿子，右手挥动榔头，一锤锤准确有力地敲打在凿子上，在凿子的重击下，瓷砖一块块碎裂，飞溅。汗水很快布满了他的脸，他浑然未觉，继续有节奏地敲打着。一个多小时后，埋在地下的水管终于暴露了出来，只见水管拐弯接头处，正不停地往外渗着水。他抹一把脸上的汗珠，又露出了憨厚的笑容，你瞧，问题就出在这儿。还真被他找到症结了。得把水阀关了。我闻声赶紧跑到厨房去关总水阀。他指指水管说，这个水管弯头老化了，必须更换了。我点点头。找几块干布给我，将水擦干了。我忙去找干抹布……当我将抹布递给他的时候，他忽然有点尴尬地笑笑，不好意思，把你当徒弟使唤了。我笑着摇摇头，你这么辛苦，我也出不上什么力，递递东西，是应该的。

他继续专心致志地埋头干活。我无所事事地垂手站在一边，从侧面看，他的神情如此专注，如此投入，如此专业，仿佛不是在修理一截漏水的水管，而是在做一件什么了不起的大事情。忽然意识到，也许对他来说，这就是他的舞台，只有在这个舞台上，他才有可能成为主角。也只有站在自己的舞台上，他才会显得那么干练，那么自如，所有的拘谨、木讷、局促，以及仿佛与生俱来的自卑感，都瞬息离他而去。

其实，每个人都有这样一个属于自己的舞台。

单位边上有个停车场，收费员是个四十多岁的农民工大姐，平时看到她，都是一脸卑微。可是，当指挥一辆辆汽车停进车位的时候，她的声音忽然变得坚定而响亮，指挥的动作，特别准确、到位、有力。这个从未摸过汽车方向盘的中年妇女，在她的舞台上，气定神闲，像个指挥千军万马的将军。

我的一位老乡，在小区边上开了一家小吃店，他生性内向，讲话还有点娘娘腔，很多人看不起他，可是，他家的小吃，却是这一带味道最好的，尤其是他做的拉面，又细又匀又有劲道，回味无穷。而看他做拉面，更是一种独特的享受，一揉，二拍，三甩，四抛，五拉，六盘，七飞，八削，一招一式，无不充满阳刚之气，力量之美。在他的舞台上，他的这一连串“表演”，简直让人眼花缭乱，气吞山河。

与那位水电师傅一样，他们都是为了生计，从遥远偏僻的乡下，来到了城里，在繁华、热闹、时尚、激情的城市街头，他们往往局促而无知，可笑而笨拙，憨厚而木讷，土气而无趣，显得与周遭的一切都那么格格不入。可是，请不要轻视他们，更不要鄙视他们，那不是他们有什么错，而仅仅可能只是，没有给他们提供一次机会，一个舞台。我们经常在这样的地方看到他们的身影：嘈杂的工地、混乱的菜场、轰隆的车间、肮脏的马路、黑臭的下水道……对他们来说，那也是舞台，而只要有一个舞台，他们就总是努力将这个角色演绎得最为精彩。

因为，在他们心里，也有一个舞台，有一个人生主宰的梦想。

城中河上的“清道夫”

一条河，穿城而过。

它在入城之前，九曲十八湾，清亮如镜，而在城市的另一端，当它终于挣脱而出的时候，已经完全看不出当初的模样，混沌、污浊，散发着连它自己都无法呼吸的怪味。它没有能力改变流向。越来越高的楼房，越来越宽的马路，将它挤压得越来越逼仄。差一点，它就被填平了，盖上楼房，或者修成马路。

拐了一道弯，它流经城市最繁华热闹的地段。

他负责这段河道的垃圾清捞。

每天清晨，他从回澜桥划着小船，顺流而下，用特制的网兜，打捞漂浮在水面上的漂浮物。临近中午的时候，到达他的终点惠济桥。河水继续南流。船舱里，已经满载了打捞上来的垃圾，再由清洁车转运到垃圾处理场。他则将清空了的小船，划到惠济桥的桥肚下，然后从厚厚的布兜里掏出饭盒，开始他的午餐。那是老婆一大早为他准备好的，还有余温。沿岸有很多家饭馆酒楼，对着河道的油烟机，“呼呼”地喷出来一股股浓烈的味道，掩盖了他的饭菜味。

靠在船舷上打个盹，他开始往回划。逆流，虽然水不急，但还是必须一边划，一边打捞。水面上，永远有新的漂浮物，树叶、塑料袋、矿泉水瓶、香烟盒，以及其他杂七杂八的东西。网兜后面，他加了一小块木板，这样，就能既打捞，又当作木划子了。偶尔有一两块垃圾，从另一侧偷偷地溜过去，如果没能兜住它们，他就会让小船顺着水流倒回去，然后，用网兜将它们拦截住。这让他产生一点点小小的成就感，很得意地嘿嘿笑两声。这是他一天中，第一次发出声音，没人能听得见。

但还是有人注意到了他。高高的岸上，一对情侣在河边散步，女孩看见了他，惊喜地对男孩说，快看，有人在河里划船呢，真是太浪漫了。一边嚷着，一边挥着手机，让男孩帮她拍照。“一定要把小船拍进去哦。”女孩嘱咐男孩。男孩嘟囔着，一条破垃圾船，有什么好拍的？一边不情愿地摁下了快门。

他继续打捞着水面上的垃圾。河流的水位很低，岸很高，又散发着难闻的腐臭味，难得有人走到河边，往下俯瞰。这条河，以前要宽多了，清多了，可以驶很大的船，曾经还有几个热闹的码头。可是，现在它更像一条臭水沟。他记得老早的时候，还有人提议这条城中河为母亲河，只是河水越来越污浊了，人们终于不大好意思，便在河的源头，另找了一条清澈的湖，冠名母亲湖。母亲湖的水，辗转流到这里，它们一脉相承。

有时候划累了，他会停下来，抬头往上面看看，两侧都是高楼，热闹的街区，人来人往，是这个城市最繁华的地带。他只带女儿去过一次，那是女儿放暑假，和同村的几个孩子一起，进城看望父母。在最大的那家商场，他咬咬牙，给女儿也买了一个新书包。他告诉女儿，他就在这附近上班。女儿开心得不得了，完全忘记了他和妈妈两三年才能回一趟老家的思念之苦。

一天中，他最开心的事情，是在水面上偶尔看到一两条小鱼，摇曳着小尾巴，追着树叶。难得在这条河里看到鱼了。他不知道它们是怎么来的，是被水流带下来的，还是不小心迷了路？他很高兴这条逼仄的河道里，除了他，还有另外的生命，他又替它们揪心，自己忙完了一天的活，还能爬上岸，回到自己租住的小屋，而它们还能不能游回到城外那干净的水域和鱼群中呢？

天黑之前，他会回到起点回澜桥，船舱里，又装满了从水面捞上来的各种垃圾。等垃圾运走了，他将小船拴牢，然后，骑上停在岸边的那辆破旧的自行车回家，转眼消失在车流中。没有几个人认识他。

这条河，穿过我所生活的城市。而另外一条河，从你的城市，穿城而过。

最美的对视

她久久凝视着,凝视着。

站在她面前的,是一个16岁的男孩。与所有这个年龄的男孩子一样,他有着清澈、纯净、稚气未脱的眼睛。他也深情地凝视着她,凝视着她,然后,向她深深地鞠了一躬。

几个月前,他的眼前还一片漆黑。4岁那年,因为一场大病,他失明了,从此,他的世界就漆黑一团。直到三个月前,他获得了一位刚刚去世的老人无偿捐助的一只眼角膜,才得以重见光明。

那位老人,就是她的母亲。

她的母亲,被社区追评为“最美的人”。她代表已经去世的母亲,上台领奖。让她没有想到的是,为母亲颁奖的,正是受捐的男孩。

早在六年前,年已八旬的老母亲,就向子女表达了最后的心愿,在百年之后,将自己的眼角膜无偿捐献给需要的人。一双儿女都表示赞成,并和老母亲同时做了捐献登记,一家三口身后捐献眼角膜登记表的编号连在了一起,分别是“351、352、353”。这组温暖的数字,就像小时候妈妈牵着她和弟弟的两只小手一样,齐步向前走着,温情、坚定而有力。

随着年龄增长，老母亲的身体每况愈下，尤其是她的眼睛，因为严重的白内障而使视力严重下降，看东西都是模模糊糊的。她说服母亲去做白内障手术，这是个小手术，做完了，就可以恢复不少视力。可是，老母亲却死活不肯答应，老人说，自己身上的器官都老化了，没啥用了，只有这眼角膜还行，将来还能够捐给别人，万一做了手术，损坏了眼角膜，那可怎么办？而且，自己也活不了几年了，看不看清楚也没什么关系，但保住眼角膜，就可以让别人一辈子都看得见。老人固执己见。最后，还是眼科医生说服了老人，做白内障手术，对眼角膜不会有任何损伤，老母亲这才放心地接受了白内障手术。

老母亲又生病住院了，这一次，病情凶险。自知时日不多，老母亲心里惦记着的，仍然是捐献眼角膜的事，这可是她这一生最后的愿望。担心自己临终时，可能无法再清晰地表达捐献的意愿；也害怕自己一旦撒手走了，子女们悲痛之中也许会忘了这重要的一环，老人将那张“自愿捐献眼角膜登记卡”，放在了自己的病历本中，好让子女或者医生，在最后时刻，也不忘她的心愿。

一个静悄悄的凌晨，老母亲安静地走完了一生，溘然长逝。

她强忍悲痛，第一时间通知了有关部门。眼科医生小心翼翼地取走了老人的眼角膜，那“0.5 克的挚爱”。

老母亲的眼角膜，很快就被移植给了受捐人，为他人点亮了光明。

在母亲节那天，她发了一条微信：“我知道，有些人正用您的眼睛看着这个从未谋面的世界。说不定哪天，我们的目光在茫茫人海中再相视，我知道，那是您爱的目光。”这是老母亲离开之后的第一个母亲节，她再也不能喊一声“妈妈”了，但她知道，母亲仍在注视着这个世界。

她没有想到，会在这个场合，再一次看到母亲的眼睛。她凝视着，凝视着,热泪盈眶。

男孩也惊喜而羞怯地凝视着她。

两个人的目光,就这样对视,凝视。那是思念的目光,那是充满柔情的爱的交汇,那是我们所见过的最美最亲的对视。

第二辑

人生需要回一回头

母亲突然回头。他揉揉眼睛，加快了脚步，和母亲并肩，缓缓地向家走去。有时候，人生需要回一回头。回头，你就会看见，默默地注视着你背影的那个人。那个人，一定是这个世界上深爱着你的人。

悬在空中的疤痕

早晨走到阳台，惊讶地发现，阳台上的一块钢化玻璃竟然碎裂了，像一大朵裂开的花瓣一样。

幸亏是夹层的，碎裂的玻璃，才没有“哗啦啦”坠落一地。细瞅，在玻璃的右下角，找到了一个着力点，原来是被人用石块砸的。竟然是被人为砸碎的！一股怒火，腾空而起。

谁会砸我们家阳台玻璃？自忖搬到这个小区住了六七年，从没和任何人红过脸，更没与谁结下过仇冤。那么，这个人为什么要砸我家的阳台玻璃？立即向小区物业报案。工作人员来查看之后，确认是人为砸的，但是，是谁砸的，为什么砸，却一直没查出来。我家住二楼，虽然楼层不高，不过，要用石块砸碎这种强度很大的钢化玻璃，还是需要不小的力量的，孩子基本可以排除，最大的可能，是成人砸的。

突然，“汪，汪汪”，花花莫名地狂吠起来。花花是我养的一条狗。恍然明白，也许是花花在阳台上狂吠，从楼下散步或路过的人，听了心烦，顺手从地上捡了一个石块，砸了过来，将玻璃砸碎了。

阳台上一排整齐的蓝玻璃，唯这块碎玻璃，特别显眼。从楼下稍稍抬头往上看，一眼就能看到它，像个疤痕一样。我们这是幢高层，物管比较严格，当初各家在装修时，楼房的外立面，丝毫不准改变，所以，楼房的外墙，一直很整齐、美观。现在，因了这块碎玻璃，而有了伤痕，很不协调。

找来维修工，师傅看了看，摇摇头说，这种颜色、款式的钢化玻璃，已经没有了，而且，这种弧形的钢化玻璃，很难配，需要从外地调货，很费周折。不过，师傅安慰说，因为是夹层钢化玻璃，因此虽然一面碎裂了，但一时半会儿，是不会坠落的。也就是说，暂时不更换也可以，只是难看一点。

那块碎裂的钢化玻璃，就一直悬在那儿。

它就像一道疤痕一样，每次看到它，我的心都会隐隐地作痛，又气愤，又无奈。有时家中来了客人，看到那块碎玻璃，还得一遍遍跟客人解释，它可能是因为什么被人砸碎的，为什么又一直没有更换云云。不胜其烦。不过，每次花花无故吠叫时，我就会立即制止。倒不是怕别人再砸了玻璃，而是意识到，它的吠声惊扰了别人。这是那块碎玻璃，无声地提醒着我。

慢慢地，我适应了阳台上那块碎玻璃，有时候，我甚至觉得，穿过那块碎玻璃的裂纹看出去，有一种别样的美。

我差不多已经忘记了阳台上那块被人砸碎的玻璃了。

"咚，咚咚"，有人敲门。

打开门。是个陌生的面孔，但似乎又在哪儿见过。

他自我介绍，他也住这个小区，某幢某号。难怪有些面熟，原来是一个小区的。

问他何事。他瞄了一眼阳台，说，你家阳台那块玻璃，是我砸的。

我一时错愕，没恍过神来。他又重复了一句，你家阳台那块玻璃，是我砸碎的。

终于明白过来了。但我又有点糊涂，这事都过去好久了，连我都差不多已经忘记这茬了，他怎么会突然自己找上门来“认罪”？

他顾自说，那天晚上我散步，从你家楼下经过时，你家的狗在阳台上狂叫不止，我听着心烦意乱，就从地上捡了一块石子，随手砸了过去。我只是想吓唬吓唬它，让它别叫了。只听到“啪嗒”一声。狗好像受了惊吓，还真的就不叫了。第二天散步时，我才发现，你家阳台上的一块玻璃碎了，从楼下看上去，那块碎玻璃的裂纹，特别刺眼。我也想过，来向你们解释一下，道个歉，赔偿你们，但又想想，反正当时也没人看到，我为什么要自投罗网，自找麻烦呢。

他咽了口唾液，继续说，我以为你们会很快将碎玻璃更换掉的，没想到，一天过去了，又一天过去了，那块碎玻璃一直没换。每天早晚，我都会在小区散散步，每次路过你家楼下，我都忍不住抬头看看，那块碎玻璃有没有换掉。没有，一直没有。我都不敢抬头了，我都不敢从你家楼下经过了。他重重地叹了口气，你不知道，那块碎玻璃，就像一个伤疤一样，一直悬在那儿，刺伤我，折磨我。我内心一直没有平静过，安宁过。

我今天来，就是想向你们道个歉，我愿意做出赔偿，同时，请你尽快将那块碎玻璃换掉。说完，他丢下几张百元钞票，转身走了。

等我回过神来，追出去，他已经走远了。

这是我完全没有想到的结局。那块被砸碎的玻璃，甚至已经激不起我丝毫的怨气和愤怒，我差不多已经将它彻底淡忘了，有个人，却一直为此不安。

我拨通了维修师傅的电话，请他想办法，无论如何将那块碎玻璃立即更换掉，让疤痕消失。

我的善良与他人无关

办公室内，大家为一件事激烈地争执。

事情的起因，是一位同事孩子的遭遇。同事的孩子还在读小学。暑假的一天，小家伙在去新华书店的路上，遇到了一个怀抱孩子的年轻女人。年轻女人先是问他路，怎么去火车站。小家伙热情地为她指点，从哪里坐哪路公交车，就可以直达了。问完了路，年轻女人又面露难色地对他说，自己是外乡人，来杭州旅游的，但是钱包被人偷了，能不能给她点坐公交的零钱？

同事的孩子听了年轻女人的故事，从口袋里掏出钱包，看了看，里面正好有几枚硬币。小家伙毫不犹豫地将硬币全部拿给了年轻女人。年轻女人连声称谢，夸他是个善良的孩子，眼睛盯着小家伙的钱包。小家伙的钱包里，还有几十元的纸钞，是妈妈刚刚给他，让他自己到新华书店去买书的。

小家伙准备将钱包放回裤兜里，忽然想起了什么，主动问年轻女人，阿姨，你的钱包被偷了，那你到了火车站，怎么买票回家呢？

年轻女人一脸无奈的样子，到了火车站再说吧。

小家伙迟疑了一下，再次打开钱包，将里面的纸钞也都拿了出来，递给女人说，阿姨，这是我准备去买书的钱，送给你吧。

年轻女人显然没想到，孩子会主动把钱包里的钱，都拿出来给她。她犹犹疑疑地接过了小家伙递过来的钱。

同事的孩子似乎还是有点不放心，对她说，要是这钱不够买车票，我可以打电话让爸爸过来，我爸爸的单位就在附近。

年轻女人一听，连连摆手，不用了，不用了。谢谢你啊，小朋友，你真是一个好孩子。一边说，一边匆匆地抱着孩子，离开了。

没钱去新华书店买书了，同事的孩子来到了爸爸的单位。他的爸爸是我们的同事。

孩子简单地向爸爸讲述了事情的经过。爸爸耐心地听完了孩子的讲述，赞许地摸摸孩子的头，又拿出几十元，给了孩子，让他继续到新华书店去买书。孩子拿上钱，开心地去新华书店了。

孩子一走，办公室里就炸开了锅，激烈地探讨起来。

一位同事语气坚定地对孩子的爸爸说，你的孩子被骗了，那个怀抱孩子的年轻女人，经常在那一带行骗，假装钱包被偷，回不了家，向路人要钱。要的不多，就三五块钱，所以，不少人会上当。另一位同事附和，没错，这是一个笨拙的骗术，晚报上还报道过。

孩子被骗了，这一点大家基本意见一致。争论的焦点是，要不要告诉孩子真相？

一种观点是，必须告诉孩子真相，以免他下次再上当受骗。

另一种观点却是，不宜告诉孩子，否则，孩子的善心会受到严重伤害，而且，今后他就不会随意相信他人了。

各执一词，都挺有道理。

让我惊讶的，是孩子爸爸的态度。他说，听完孩子的讲述，他就大致有了判断，孩子可能是遇到骗子了。但他没有对孩子说穿，原因很简单，那会挫伤孩子的善心。再说，也可能那个女人，真的是遇到了困难。他说，他这个孩子，身上最宝贵的，就是善良。从小，只要看到乞讨的人，无论是老人、残疾人，还是身体健壮的人，他都会停下来，将自己的零花钱拿出来给人家。他曾经试图告诉孩子，有的人是真的不能自食其力，靠乞讨为生，有的人却是因为好吃懒做，才流浪街头的，因此，要看具体情况才能决定，不然，你的爱心，可能就被人欺骗了，或者利用了。没想到，孩子歪着脑袋反问他，我怎么分得清呢？而且，我帮助他们，是因为我善良，与他是什么样的人，并没有什么关系啊。

同事感慨地说，孩子给我上了一课。善良是我的孩子的天性，我希望孩子保持这颗善心，成为他身上的一份美德。而一个人的美德，是出自他真诚的内心，不需要回报，也无关他人的态度。

同事的结论是，如果当时他在场，他也不会阻止孩子帮助那个女人。即使那个女人可能是个骗子。他说，确实有些人靠博取别人的同情心而行骗，但是，相对于孩子的善心来说，纵使有那么几次，帮助了不该帮助的人，损失了一点点金钱，但是，让孩子保持一颗善良之心，远比这点损失，重要得多。

我赞同他的观点。美德是这样一种品质：我善良，不因为你不友善，我就不再善良；我尊重你，不因为你傲慢，我就不尊重你；我真诚，不因为你虚伪，我就不再真诚；我心怀美德，不因为你心存恶念，我就丧失美德之心。真正的美德，是发乎内心的，没有附加条件的。

人生需要回一回头

母亲从老家来。从火车站接到母亲，穿过车站广场，向停车场走去。母亲年纪大了，走得慢，虽然他放慢了脚步，但母亲还是落在了后面。

上了车。母亲忽然心疼地对他说，你的背怎么有点驼了？是不是趴在桌子上太久了？他是做文字工作的，每天都要伏在案头十几个小时。他点点头，没关系的。母亲轻声说，可你爸在你这个年纪的时候，腰杆还挺直的呢，你要照顾好自己啊。

父亲去世已经八年多了。记忆中的父亲，印象最深刻的，是他生命中的最后时光，躺在病床上，蜷缩成一团，干瘦，脸色蜡黄，了无生气。但只要子女来到病榻前看望他，他就会强撑着坐起来，面带笑容。父亲的背影，他还真记不大清了。从小，他就喜欢走在前面，大步流星，或者奔跑。总能听到身后的父亲或者母亲大声地提醒他，慢点，注意安全。因为总是跑在前面，他很少看到父母的背影，或者是看到了，却根本没有留意？

父亲的背影，到底是怎样的？他一边开车，一边努力地回忆。脑海中浮现的，却都是父亲忙碌的身影，竟然没有想起一个完整的背影。他看了一眼后视镜，与坐在后排的母亲，目光碰到了一起，母亲一直在盯着他看，盯着他的背影看。

他的心猛地颤抖了一下。

人到中年，他发觉自己不知道从什么时候开始，也时常怀旧，变得多愁善感了。

脑海中突然跳出来一个背影，是儿子的。

那是去年秋天，他和妻子一起，送儿子去成都上大学，顺便旅游一趟。陪儿子办好了入学手续，在学校门口，和儿子告别。儿子转身向校园走去。这时，一辆开往火车站的公交车来了，他喊妻子赶紧上车，妻子却一动不动，目不转睛地向校园里张望，他循着妻子的目光看过去，在来来往往的人群中，他一眼就看到了儿子的背影，瘦削、高大。公交车开走了。他和妻子一直目送着儿子的背影，消失在尽头的拐弯处。儿子一直没有回头。他看到妻子的眼里，噙着热泪。妻子叹了口气，心疼地说，儿子太瘦了，你看他的背影，跟个电线杆似的。

儿子不会知道，妈妈和爸爸一直在他的背后，默默地注视着他渐渐远去的背影。

就像那天一样，儿子留在他脑海中的，有很多很多背影。

从儿子蹒跚地迈出人生的第一步那天开始，他和妻子，似乎就习惯了他的背影。儿子学步了，他小心翼翼地跟在儿子的身后，随时张开双臂，以防儿子绊倒；儿子会跑步了，他一路小跑跟在后面，不时地提醒儿子，注意别摔倒。看着儿子轻快矫健的背影，他露出了开心的微笑；儿子上学了，他每天送儿子到学校门口，目送儿子背着书包走进校园了，才放心地离开；儿子高考的时候，他答应儿子，不送他，以免给他造成精神压力。儿子一走出家门，他和妻子就走到窗前，看着儿子走出居民楼，向小区外走去，直到他的背影完全看不见了。

他知道，随着儿子一天天长大，留给他和妻子的，将是更多的背影。

他忽然意识到，作为人子，他却很少关注自己父母的背影。年少时上课读朱自清的《背影》，他怎么也体会不到朱自清先生的那份情感，甚至觉得作者太煽情了。等到自己长大成年了，目送的，也大多是自己孩子的背影。很少有父亲或者母亲的背影。他总是走在前面，他像自己的儿子一样，把背影留给了父母双亲。

车开到小区外。他打开车门，搀扶母亲下车。他和母亲一起，向自己的家走去。路上，他故意放慢脚步，走在了母亲的后面。母亲七十多岁了，腰板还不错，但是，步履已经有点蹒跚，迈着碎步。母亲真的老了。

母亲突然回头。他揉揉眼睛，加快了脚步，和母亲并肩，缓缓地向家走去。

有时候，人生需要回一回头。回头，你就会看见，默默地注视着你背影的那个人。那个人，一定是这个世界上深爱着你的人。

想不开的时候，去这些地方走走

打一个朋友的电话，问他在哪儿，答医院。赶紧问他，是不是哪儿不舒服，去医院看病？他说不是，他没有生病，好得很。又问他，是去医院看望什么人？他答，也不是。那你跑去医院干什么？他说，心情不好，所以来医院走走。

因为心情不好，而跑到医院去。这算什么理由？

隔日见到这个朋友，他的神色看起来不错。好奇地追问他，怎么那天突然想起来跑到医院去了？

他笑着说，最近遇到了点不顺心的事，心烦意乱，却怎么也调整不过来。出去游玩了一趟，虽然风景怡人，但是，自己心里有疙瘩，玩得一点也不痛快，回来之后，负面情绪还是阴魂不散，整个人恹恹的，做什么事都提不起精神。忽然想起，老父亲有一次急病住院，自己天天跑医院，看到了各种病人和他们的痛苦。那段时间，因为担心老父亲的身体，真是身心憔悴，苦不堪言。但那段时间，也是自己诸事想得最开的时候，感觉到健康是多么重要，只要老父亲平安了，只要家人都健康，其他都不重要。想到这些，我动了念头，再去医院走一走，看一看，或许能够找回内心的平静。

从朋友现在的精神状态来看，他确实达到了效果，又恢复了往日的朝气。但我还是很疑惑，怎么走一趟医院，就能减淡、忘却，甚而摆脱自己的烦恼？

朋友说，去了医院，你会看到各种各样的病人，有的头破血流，有的形容枯槁，有的愁眉苦脸，有的肝肠寸断，总之，不是自身被病痛折磨，就是为亲人揪心。

这样的场景，确实是医院里常见的，医院几乎汇聚了我们所有的痛苦和不幸。但是，我仍然不能明白，这怎么就能治愈一个健康人的忽然不健康的心？难道是因为幸灾乐祸，把自己的幸福感建立在别人的不幸之上？

朋友连连摇头，不，不！我去医院，不是因为看到别人的痛苦和不幸，自己躲在一边幸灾乐祸，那样的心理是黑暗的。我只是让我自己明白，我没有遭遇飞来横祸，也没有疾病缠身；自己身体健康，家人也平平安安，这已经多么幸福？！如今只是遇到了一点不如意，它算得了什么？在医院的时候，我还想到，哪一天我也不得不躺进医院，浑身插满了管子，我该怎么办？我又能怎么办？而现在，我健健康康，自由自在，还有什么比这更重要的吗？

朋友说，我就是这样想通的。在病痛、苦难、死亡面前，没有什么是想不通的。

朋友的话，也让我醍醐灌顶，是啊，我们这一生，难免遭遇这样那样的意外、疾病和苦难，与之相比，事业上遇到一点挫折，生活上遇到一点困难，算得了什么？

有一次，单位组织领导干部到某监狱接受教育，敲敲警钟，很多人内心受到了巨大的震撼。我不是领导，本不在受教育之列，但我作为后勤组织人员，参加了那次活动。我的内心，也受到了很大的震撼。震撼我的，除了那些以身说法的服刑人员令人惊愕的犯罪事实，还有他们对于过往的悔恨，对于自由的渴望，以及对于家和亲人的想念。从监狱走出来的时候，我第一次感觉到，能自由地行走，自由地呼吸，自由地每天回家与家人团聚，这是多么幸福，多么重要，多么值得珍惜的一件事情。

我认识一个老板，生意做得很大，但也时常遭遇挫败、刁难和各种不如意，因而压力很大，每次遇到过不去的坎的时候，他就让司机开着车，陪他到郊区的殡仪馆转一圈。他说，那里是所有人的终点站，没有例外，那里也是生与死的诀别之地，所以，到处弥漫着悲伤的气息。你只有到了那里，才会清醒地意识到，人总有一死；也才能顿悟，活着真好，好好地活着，真好！

我们的人生，总有不顺心、不如意、想不开的时候，那就别想了，去医院转转，去监狱看看，去殡仪馆走走，你就没有什么想不通的了。

在痛极之地，你会看到希望仍在，命运幸好还掌握在自己手中。

最害怕妈妈突然对我好

新学期，她给孩子们布置了第一篇作文，最难忘的时刻。

她是一名支教老师，在这个偏远山区，方圆几十里，只有这一所学校，学生大多是留守孩子，他们的父母，大部分都远赴外地打工，难得回来一次，这也成了很多孩子与父母一年中难得相聚的机会。其时，春节刚过，孩子们刚刚与久别的父母重聚，她希望孩子们用手中的笔，记录下这一温暖的时刻。

作文交上来了，她认真地批阅。不出所料，几乎所有的孩子，写的都是春节期间，与从外地打工赶回来的父母相聚的那一刻。

一个孩子写了妈妈带回来的好吃的，那是他吃过的最美味的东西了，他感觉那一刻，自己好快乐。

一个女孩子写的是，爸爸给她新买的书包，当爸爸帮她将新书包背好的那一刻，她觉得自己好幸福。

一个男孩子写道，他已经两年多没有见到爸爸了，爸爸刚走进家门的时候，他一下子都没有认出来，爸爸突然一把将他抱了起来。那一刻，他感觉有点陌生，但是，很温暖，真的很温暖……

那一刻,都温暖,难忘。

她的目光,久久地停在了一个女孩子的作文本上。

女孩子写道,以前,是爸爸一个人出去打工,后来,妈妈也出去了,留下我和弟弟跟着年迈的爷爷一起生活。每年,他们都只在春节的时候,才能回来,年一过完,他们就又出去打工了。今年,直到年初二,他们才回到家,因为他们没买到年前的火车票。

这一次,因为没赶回来吃年夜饭,爸爸妈妈答应我和弟弟,会在家里多待几天,这可把我俩乐坏了。

爸爸妈妈回来之后,很忙,除了走亲戚外,他们还要将庄稼地重新翻整一遍,这样,年迈的爷爷春耕的时候,才好播种。虽然爸爸妈妈回来之后,忙得根本没时间陪伴我们,甚至顾不上我们,但我仍然觉得很满足,很幸福。

一天,妈妈没有下地干活,而是一整天都陪着我和弟弟,给我们做饭,烧了好几个好吃的菜,帮我们把所有的衣服都洗干净叠整齐了,爸爸还检查了我和弟弟的作业……总之,那一天,妈妈和爸爸对我们姐弟俩特别好,特别温柔。

读到这儿,她以为女孩子接下来会写,那就是她最幸福的时刻。可是,没有。女孩子写的是:那一刻,我哭了。我知道,爸爸妈妈明天肯定又要离开家,出去打工了。

女孩子在作文结尾这样写道,我最难忘的时刻,也是最难过的时刻是妈妈突然对我特别好,因为,那意味着,他们第二天,又要离开家了,又要一年之后,才能回来了。

在这行文字下面,她依稀看到几滴泪水的痕迹。

她也流泪了。

她已经支教三年了。在城里，她有一个温暖的家，有一个调皮可爱的儿子。每次离开城里的家之前，她也恋恋不舍，她觉得自己亏欠这个家太多，尤其是对儿子。所以，每次离开家之前的那一天，一向粗线条的她，也都会对儿子表现出特别温柔，特别细致，特别耐心，恨不得把对他所有的爱和牵挂，都留下来。也许，儿子也特别害怕自己突然对他那么好吧？

她突然无比想家。她给老公打了个电话。夜已深，儿子已经睡着了，她让老公将手机放在儿子的面前，她听到了细微的鼾声。那一刻，她泪流满面。

和父亲坐一条板凳

上大学后的第一个暑假，回家。坐在墙根下晒太阳的父亲，将身子往一边挪了挪，对我说，坐下吧。印象里，那是我第一次和父亲坐在一条板凳上，也是父亲第一次喊我坐到他的身边，与他坐同一条板凳。

家里没有椅子，只有板凳，长条板凳，还有几张小板凳。小板凳是母亲和我们几个孩子坐的。父亲从不和母亲坐一条板凳，也从不和我们孩子坐一条板凳。家里来了人，客人或者同村的男人，父亲会起身往边上挪一挪，示意来客坐下，坐在他身边，而不是让他们坐另一条板凳，边上其实是有另外的板凳的。让来客和自己坐同一条板凳，不但父亲是这样，村里的其他男人也是这样。让一个人坐在另一条板凳上，就见外了。据说村里有个男人走亲戚，就因为亲戚没和他坐一条板凳，没谈几句，就起身离去了。他觉得亲戚明显是看不起他。

第一次坐在父亲身边，其实挺别扭。坐了一会儿，我就找了个借口，起身走开了。

不过，从那以后，只要我们父子一起坐下来，父亲就会让我坐在他身边。如果是我先坐在板凳上，他就会主动坐到我身边，而我也会像父亲那样,往一边挪一挪。

工作之后,我学会了抽烟。有一次回家,与父亲坐在板凳上闲聊,父亲掏出烟,自己点了一根。忽然想起了什么,犹豫了一下,把烟盒递到我面前说,你也抽一根吧。那是父亲第一次递烟给我。父子俩坐在同一条板凳上,闷头抽烟。烟雾从板凳的两端飘浮起来,有时候会在空中纠合在一起。而坐在板凳上的两个男人,却很少说话。与大多数农村长大的男孩子一样,我和父亲的沟通很少,我们都缺少这个能力。在城里生活很多年后,每次看到城里的父子俩在一起亲热打闹,我都羡慕得不得了。在我长大成人之后,我和父亲最多的交流,就是坐在同一条板凳上,默默无语。坐在同一条板凳上,与其说是一种沟通,不如说更像是一种仪式。

父亲并非沉默讷言的人。年轻时,他当过兵,回乡之后当了很多年的村干部,算是村里见多识广的人了。村民有矛盾了,都会请父亲调解,主持公道。双方各自坐一条板凳,父亲则坐在他们对面,听他们诉说,再给他们评理。调和得差不多了,父亲就指指自己的左右,对双方说,你们都坐过来嘛。如果三个男人都坐在一条板凳上了,疙瘩也就解开了,母亲就会适时走过来喊他们,吃饭,喝酒。

结婚之后,有一次回乡过年,与妻子闹了矛盾。妻子气鼓鼓地坐在一条板凳上,我也闷闷不乐地坐在另一条板凳上,父亲坐在对面,母亲惴惴不安地站在父亲身后。父亲严厉地把我训骂了一通。训完了,父亲恶狠狠地对我说,坐过来!又轻声对妻子说,你也坐过来吧。我坐在了父亲左边,妻子扭扭捏捏地坐在了父亲右边。父亲从不和女人坐一条板凳的,哪怕是我的母亲。那是唯一一次,我和妻子同时与父亲坐在同一条板凳上。

在城里终于有了自己的房子后，我请父母进城住几天。客厅小，只放了一对小沙发。下班回家，我一屁股坐在沙发上，指着另一只沙发对父亲说，您坐吧。父亲走到沙发边，犹疑了一下，又走到我身边，坐了下来，转身对母亲说，你也过来坐一坐嘛。沙发太小，两个人坐在一起，很挤，也很别扭，我干脆坐在了沙发帮上。父亲扭头看看我，忽然站了起来，这玩意太软了，坐着不舒服。只住了一晚，父亲就执意和母亲一起回乡去了，说田里还有很多农活。可父母明明答应这次是要住几天的啊。后来还是妻子的话提醒了我，一定是我哪儿做得不好，伤了父亲。难道是因为我没有和父亲坐在一起吗？不是我不情愿，真的是沙发太小了啊。我的心，隐隐地痛。后来有了大房子，也买了三人坐的长沙发，可是，父亲却再也没有机会来了。

父亲健在的那些年，每次回乡，我都会主动坐到他身边，和他坐在同一条板凳上。父亲依旧很少说话，只是侧身听我讲。他对我的工作特别感兴趣，无论我当初在政府机关工作，还是后来调到报社上班，他都听得津津有味，虽然对我的工作内容，他基本上一点也不了解。有一次，是我升职之后不久，我回家报喜，和父亲坐在板凳上，年轻气盛的我，一脸踌躇满志。父亲显然也很高兴，一边抽着烟，一边听我滔滔不绝。正当我讲到兴头时，父亲突然站了起来，板凳一下子失去了平衡，翘了起来，我一个趔趄，差一点和板凳一起摔倒。父亲一把扶住我，你要坐稳喽。不知道是刚才的惊吓，还是父亲的话，让我猛然清醒。这些年，虽然换过很多单位，也做过一些部门的小领导，但我一直恪守本分，得益于父亲给我上的那无声一课。

父亲已经不在了，我再也没机会和父亲坐在一条板凳上了。每次回家，坐在板凳上，我都会往边上挪一挪，留出一个空位，我觉得，父亲还坐在我身边。我们父子俩，还像以往一样，不怎么说话，只是安静地坐着，坐在陈旧而弥香的板凳上，任时光穿梭。

放风筝的父与子

城市广场，很多人在放风筝。

大多是男人带着孩子，女人则坐在草地上，笑吟吟地看。

我注意到了一对父子。他们之所以特别醒目，是因为他们的风筝比别的都大，看得出是自己做的。也许是父亲亲手制作的，也许是父子俩一起做的，母亲大约也帮了不少忙，因为裁剪和缝纫的针脚，精细缜密。做出这样的风筝，肯定花了不少时间和心血，但过程一定充满了快乐和期待。

他们将风筝平铺在地上，孩子牵着风筝的尾，父亲开始放线。放了十几米，父亲回头，将线拉直，绷紧，然后，右手拽住线，高高举起。父亲的这个高度很重要，风筝能不能顺利飞起来，与他手中的线，能举得多高有很大关系。很多事情都是这样，起点很重要。

父亲看着孩子，问，你准备好了吗？

孩子兴奋地回答，好了。

父亲大喊一声，“放！”同时，转身，一手举线，一手拿着转盘，快速奔跑。他身后的风筝，摇摇晃晃地飞了起来。

孩子飞快地跑向父亲，他很快就追上了父亲。你很难想象，一个孩子的奔跑速度能有多快，他总能追上父亲，并且最终一定跑得比他还快。

风筝已经升到了树梢的高度，它必须飞得更高。这时候除了继续奔跑外，还需要一点风。风总是有的，只是大小不同而已，一个高明的人，即使在你感受不到一丝风的时候，也能把风筝放飞到天空，他靠的是力量和智慧。而现在是春天，一个多风的季节，最重要的是，升腾的地气，能够助你一臂之力，让风筝轻快地飞往高空。春天，除了万物生长外，也比任何时候都更容易放飞风筝和梦想。

父亲将手中的转盘和线，都交给了孩子。孩子激动地接过来，紧紧地拽住风筝的线。他一圈圈地将转盘里的线放出来，希望风筝快一点飞到高空。可是，风筝突然在空中打了一个趔趄，摇摇晃晃，像喝醉了酒一样。儿子慌了手脚，不知所措，父亲赶紧一把将线拉紧，紧绷的线，使半空中的风筝停止了摇摆。等风筝完全稳住了，父亲告诉儿子，可以继续放线了。

孩子很快就搞懂了放风筝的诀窍：紧一紧，是为了稳住风筝，不让它失去重心和方向；放一放，是为了给风筝自由，让它能够飞得更高。孩子笑了，父亲也笑了。

他们的风筝，飞得越来越高。

转盘里的线已经不多了，孩子想将最后一点线也放掉，这样，风筝就能再飞得高一点。但父亲阻止了他，父亲告诉他，如果将线全部放完了，一旦风筝在空中遇到强风什么的，你就没有线可放了，也就失去了缓冲的余地，风筝很可能被强风卷走，线断而去。孩子似懂非懂地点点头。他仰起头，自豪地看着高空中的风筝，像鸟一样翱翔。

他们牵着高空中的风筝，走到了一个女人的身边。女人抬起头，一手遮在额前，眺望高空。她看到了他们的风筝飞得那么高，那么稳，她摸摸儿子的头，甜甜地笑了。

在晴朗的天空中，飞满了风筝。城市广场上，到处是笑意盈盈的人们，男人，女人，和他们的孩子。

我给在远方上大学的儿子打了一个电话，告诉他，我和他妈妈一切安好，他也告诉我，他现在的生活很充实，很快乐。我笑着挂了电话。

·嘘,小点儿声

“嘘,小点儿声!”哈格曼在自己的博客上,提醒前来观看的人轻点声,不要打扰了他们的睡眠。

这个在中国工作了多年的德国人,突然迷上了拍摄中国城市街头那些睡着的人。他用了整整五年时间,在上海、北京、杭州等中国城市的街头,捕捉了七百张各种各样的街头睡姿。他将这些照片放在自己的博客上,短短数日,点击率过40万。

这是他拍摄的几组镜头。

中午。菜市场。卖水产的两名摊主,分别躺在不到一米长的水盆内,睡着了。水盆像一张婴儿的摇篮,可是,他们的身材太巨大了,半个身子,伸到了盆外……

一家超市门口,停着几辆购物的小推车。一名身穿保安服的年轻人,倚着小推车,靠着一根电线杆,睡着了。中午的阳光,柔和地洒在他的身上……

工地附近,一个头戴安全帽的男人,席地而坐,靠着自行车的轮子,睡着了。他的身后,是城市高耸气派的楼房……

车站广场前，一群人，杂乱无章地依靠在一起，睡着了。可是，你认真看看，就会发现，情况一点也不混乱，最中间的男人，是最主要的支点，他仰天靠着铁栏杆，两条腿叉开，孩子趴在一条腿上，女人趴在另一条腿上；而他的右胳膊，支撑着一个女孩，女孩的腿上，枕着一个小伙子的头……

这些街头的睡眠，都是高难度的动作。一把椅子，一堵墙，一个角落，一只膝盖，一顶安全帽，一辆推车，一块木板，一张报纸，一块石头，一截树枝……都可能成为一张临时的"床铺"。或倚，或躺，或靠，或伏，或蜷，或弓，或抵，或歪，或抱，或缠……都可能让他们进入梦乡。他们的睡姿，让人捏着一把汗，也让人心痛不已。

如果可能，谁不希望踏踏实实舒舒服服地躺在家里的床上，美美地睡觉啊。可是，他们做不到，他们大多是一些体力劳动者，风餐露宿，既没有办公室，也没有可以趴一趴的办公桌。他们很多人来自遥远的乡下，在这个繁华热闹的城市，很可能还没有落下脚，而即使住下了，也永远是城市最偏僻的一隅，用砖头垒起来的硬板床。他们常常做着最苦、最脏、最累的活，但他们没有丝毫的怨言。

此刻，他们困了，倦了，乏了，累了，于是，以一种最不舒适，在文明人看来也一点不雅观的姿势，打个盹儿，休息一下。他们总是能够以最快的速度进入睡眠。是的，这是一种极不舒坦的姿势，也是最不设防的姿势，难怪连黄头发蓝眼睛的德国人哈格曼也感叹不已："熟睡的中国人体现出来的那种平静、弹性和适应性，以及他们为中国复苏做出的贡献，让我深深着迷。"

我一遍遍地看着那些照片，那是一张张我非常熟悉的面孔，他们与我的乡下老父亲、堂兄弟、邻家小妹，多么相像。我忽然想，与心思重重辗转难眠的人比起来,能以这样一种艰苦的姿势,坦然入眠,多么快乐。与生活在战火之中或尔虞我诈环境中的人比起来,能在城市街头无牵无挂,安然入眠,多么幸福。

嘘,小点儿声!他们睡着了,请别惊扰他们。

一个手势温暖我一天

这是普通的一天。

一大早,照例我要赶去上班。

出了家门,是一条街道,不宽的人行道上,因为昨夜的一场大风,落满了树叶。一个穿黄马甲的环卫工人,正在埋头清扫。我正犹疑着怎么绕过去,她抬头看见了我。她收起扫帚,停止了清扫,一只手拄着扫帚,另一只手向我挥了挥,示意我先过去。我从她身边经过时,向她感激地笑了笑。

我要穿过马路。这个斑马线没有红绿灯,车来车往。我站在路边,思忖着等不远处的路口跳红灯了,车就会少一点,然后再过马路。这时,一辆公交车驶过来了,公交车缓缓减速,停在了斑马线前。隔着公交车宽敞的前挡风玻璃,我看见公交车司机向我挥手,我明白了,他是让我先过马路呢。我冲他点点头,小跑着过了马路。

我上了地铁。这是起点站,人还不是太多,但是,已经没有空座位了。没关系,我已经站习惯了。我靠着一根立柱,站稳。这时候,我面前坐着的一位大叔,身子向一侧挪了挪,他边上的人见状,也往另一侧挪了挪，腾出了小半个空位子。其实我坐不了几站，站一会并没有关系，但我还是坐了下来，并朝大叔和另一个人，都笑了笑，表达我的谢意。

走进写字楼，电梯口前，已等满了人。这个写字楼，租赁给了很多家单位，几乎都是陌生的面孔，而早晨的电梯，永远是忙碌拥挤的。电梯下来了，人们蜂拥而入。大家都挤进了电梯，只剩下我一个人。算了，等下一班电梯吧。站在电梯门口的一个人，往里挤了挤，里面的人也都往里挤了挤，竟然挤出了一点空间。我赶紧上了电梯。

我准时到达单位，开始了一天的工作。

这是多么普通的一天，但我的心情，真是好极了。我热情地接待了我的第一位客人，并将这份美好的心情，保持整整一天。

干　净

工头指指身后的中年人，对他说，经理，这是我们最好的水电师傅了，姓黄。他一定能帮你修好。

他看了一眼，没见过，见过也记不得，工地上成百上千的工人，他哪能都记得啊。再说，工地上的工人个个都是灰头土脸的，连工头有时候都分不清谁是谁。他说，那好，黄师傅，我们走吧。

岳父家的下水道又堵了，弄得家里水漫金山，臭气熏天。接到电话后，他赶紧让工头找个水电工，去帮他处理下。

他打开了车门。

黄师傅拎着一个皱巴巴的工具包，跟在他身后，犹疑地说，经理，我身上太脏，你告诉我地址，我还是自己骑车过去吧。

没事，快上车，家里水管还在往外冒水呢，来不及了。他说。

黄师傅扭扭捏捏地上了车，欠着身坐下，两条腿紧紧地蜷缩在一起。也不知道是热的，还是紧张的，黄师傅的脸上，全是汗水，黄师傅用手背一抹，本来又黑又灰的脸，变得更花了。

他从后视镜上瞄了黄师傅一眼，一踩油门，向岳父家开去。

真是越急越乱，半路上，小车的后胎爆了。他无奈地将车停靠在路边。

只能打的了。

可是，这条路上几乎没什么出租车，偶尔经过一辆，还是有人的。他焦急地四处张望，不远处有个公交站，他走过去一看，线路经过岳父家附近。正在这时，一辆公交车，缓缓驶了过来。

他和黄师傅，一起跳上了公交车。

乘客不多，还有几个空座位。他找了一个双排的空位子坐下，正犹豫着要不要喊黄师傅过来坐，黄师傅已经在他前面的一个空位子上坐了下来。他松了一口气。刚才在小车里，他就闻到了黄师傅身上很重的汗馊味。

随着车子的颠簸，他微微打起了盹儿。虽然不必像黄师傅们那样日晒雨淋，但他这个项目经理，其实也是蛮辛苦的。

车子里忽然嘈杂起来。是一个大站，上车的乘客很多。车厢里骤然挤了起来。

“妈妈，好挤啊。”一个小女孩的声音。

他循声看过去，在他前方，是个四五岁的小女孩，被人群挤压到座椅边，一只手紧紧地拽着妈妈的衣角，倾斜的身子似乎随时会摔倒的样子。他有点迟疑，要不要站起来，给这对母女让个座。

坐在前面的黄师傅忽然站了起来：“小姑娘，你来坐吧。”

小女孩的母亲看了看黄师傅，又快速瞄了一眼黄师傅坐过的座位，坚定地摇着头：“不好意思，我们马上就到了，我们不坐。”

说着，一把拉住正准备往黄师傅的座位上坐的小姑娘，向后车厢挤去。

黄师傅尴尬地站着,扭头看着小女孩不情愿地跟着妈妈向后挤去。

他和黄师傅的目光,不经意地撞在一起。黄师傅难为情地低下了眼帘,闷头又坐了下去。

到站了。下车的时候,他惊讶地看见,小女孩和她的妈妈,还挤在车厢的过道上,她们没有下车。

黄师傅拎着工具包,跟在他身后,向他岳父家走去。

上楼的时候,黄师傅忽然自嘲地对他说,汗味太重了,连坐过的座位人家都不肯坐。

他重重地拍拍黄师傅的肩膀,什么也没说。

第二天,他就让工头在工地上建了一个淋浴池。这笔经费,预算里没有,从来就没有过。他已经想好了,如果公司不肯出这笔费用,他就从自己的承包奖里支出。

他觉得,自己做不成什么大事,但至少可以让自己的工人能够干净一点、体面一点地走出去。

父母的小愿望

母亲从老家来。在火车站接到母亲后，准备乘公交车回，公交车很方便，可以直接坐到家门口。没想到，母亲却忽然轻声说，我在电视上看到杭州的地铁已经开通了，我们能不能坐地铁回家？我摇摇头，地铁不能直接到，中途下车后，还是要转公交车才能回家，反而不方便。母亲怅然若失地噢了一声。我笑着对母亲说，再过若干年，我家门口也会通地铁的，市政规划已经公布了。母亲叹口气，不知道我能不能看到那天呢？

我的心颤抖了一下，嗔怪她不该这样说。但我猛然意识到，母亲已经七十多岁，是个真正的老人了。我琢磨母亲为什么突然提到地铁，也许是她老人家想坐坐地铁？我对母亲说，妈，我们坐地铁回家。母亲有点喜出望外，但还是怯怯地说，坐地铁还要转车，不方便，就算了吧。我说，虽然要转车，但地铁比公交车快。

火车站和地铁站是相连的，母亲紧紧地跟着我向地铁站走去。说实话，虽然杭州的地铁开通已经一年多了，但我还从来没有坐过。在地铁站，母亲欣喜地四处张望，不时发出惊叹，这么宽敞，这么漂亮，这真的是在地下吗？

地铁开动了，母亲坐在座位上，身子扭向后，贴着车窗玻璃往外看。母亲忽然转过身，神秘地贴着我的耳朵，压低嗓门说，外面黑咕隆咚的，什么也看不见，真的是在地下呢，现在人真能干啊。母亲说话的语气，像孩子一样激动而腼腆。

我一直陪母亲坐到了终点站。我们应该中途下车，转公交车的，但我想让母亲多体会一下地铁。那天，我第一次发现母亲像个孩子。

一次和几个朋友闲聊时，我讲了陪母亲坐地铁的故事。朋友大刘跟我们也讲了一个关于地铁的故事。

那是他父亲从乡下来。本来讲好他去火车站接的，临时有急事，走不开，他只好打电话让父亲下了火车后，自己坐地铁来，他家就在一个地铁站附近，很方便。

大刘在外办好了事，赶紧回家，奇怪的是父亲竟然还没到。打父亲手机，才知道，父亲下了火车后，走到地铁站口，犹豫了半天，又怯怯地退了出来。他从来没坐过地铁，不知道怎么买票，不知道怎么刷卡进站，不知道怎么上车，不知道往哪个方向坐车，想问人吧，又怕自己的土话别人听不懂，思来想去，终于没敢坐地铁。

大刘心酸地说，原以为坐地铁是多么普通的一件事，没想到，对年迈的父亲来说，那却是一件非常艰难的事情。第二天，他就陪父亲坐了一次地铁，老父亲像个孩子一样，好奇地跟在他的身后，认真地看他是怎么买票的，又是怎么刷卡的。后来，老爷子还一个人偷偷去坐过几次地铁。

大家都感叹不已。我们的父母老了，在飞速发展的社会面前，他们有时候就像个古董一样。很多东西，他们没有见过，没有吃过，没有玩过。他们也是有愿望的，只是他们的愿望，往往就像尘埃一样，微不足道。

一个朋友说，自己的父母从来没有走出过大山，连火车都没见过，他们最大的愿望，就是能坐一趟火车。

另一个朋友说，父亲已经去世了，母亲特别想看一看大海。他们原本约好等儿子工作稳定了，就来看看儿子，顺便去舟山看看大海。父亲却没等到那一天。母亲的年龄越来越大了，身体也大不如前，她还有机会看到大海吗？

一个女性朋友说，自己的爸爸妈妈一辈子都没有坐过飞机，她想好了，一定要带他们坐一次飞机。这个想法已经很久了，可惜因为这样那样的原因，一直未能成行。今年，朋友坚定地说，就在今年，一定要完成这个心愿。

她的话，引起了大家最大的共鸣，在座几个朋友的父母，竟然都没有坐过飞机。对我们来说，坐飞机已经是件很平常的事情了，但对我们父母这辈来说，却是一件非常了不起，几乎遥不可及的大事情。大家相约，凑个时间，把我们各自老家的父母都接到杭州来，然后，一起坐飞机，去一个他们一辈子也没去过的地方——这样的地方很多很多，他们有太多的地方没有去过。

陪父母去坐一趟地铁吧，陪父母去坐一次飞机吧，陪父母去坐一次游轮吧，陪父母出一趟远门吧，这也许正是他们心中的一个小小愿望，只是担心烦扰了我们，他们才将这个小小心愿一直隐藏在心底，而如果你不去陪伴，带他们实现，他们这辈子就可能永远也没机会坐一次飞机，永远也没出过一次远门，没看到一眼外面的世界。

对我们来说，这并不难，那就赶紧开始吧，还等什么呢？

爱的移位

每晚,儿子都要回家,看望独居的老父亲。

儿子摸摸藤椅,轻轻摇了摇,藤椅吱呀吱呀地响。儿子弯腰检查,发现藤椅一条腿上的藤条松了。每次回家,儿子都要仔细地查查,老父亲坐的椅子,是不是结实;门把手,是不是牢固;柜子,是不是稳固。老父亲老了,即使在家里移动,也得依靠那些能够随手抓到的东西,使一把劲,他得确保老父亲家里的每一件东西,都稳固、结实,以免老父亲使用时发生意外。这把藤椅是老父亲最喜欢坐的椅子,他坐上面读读报纸,坐上面看看电视,坐上面打个盹儿,坐上面发会儿呆,坐上面思念母亲……在儿子的印象中,老父亲大把大把的时间,都是在藤椅上度过的。藤椅陪伴了他二三十年,也许更久,现在它有点松了,不再像以前那么牢固了。儿子赶紧找来工具,先用铁丝将藤椅的腿绑牢,然后,用旧衣裳撕成的布条,一层一层地缠起来,这样,藤椅就既结实,又不会伤着老父亲了。

若干年前,年轻的父亲自己动手,用木头做了轻便的桌椅,专门给儿子用。年幼的儿子很调皮,任何东西都会成为他的玩具,小椅子也不例外。害怕椅子太重,砸伤了孩子的脚,所以,年轻的父亲特地找来质地最轻的梧桐木,做成了几把椅子和一张小桌子,并且耐心地将每一个角都磨圆,这样,即使孩子碰着了,也不至于弄伤。

儿子走进书房。老父亲一辈子爱书,一堵墙都是书架,摆满了各种各样的书籍,老父亲现在还经常找几本出来读读。每隔一段时间,儿子都会帮老父亲整理、清理一下书架,将老父亲常翻的一些书,移到书架的下层,这样,父亲拿起来方便,就不用自己登高去翻找了。老父亲的年龄越来越大了,每登高一次,都会增添一分危险。为了防止老父亲爬高,儿子将家里的东西,都尽量往下搬,移到伸手可及的地方,这样,老父亲需要什么,随手打开柜子,就可以拿到了。可是,倔强的老父亲,有时还是会偷偷地站在凳子上,找这找那,这让儿子非常担心,他几次"严厉"地"警告"老父亲,若是再站凳子的话,他就将书架上面几层给封死,以杜绝危险的发生。

若干年前,儿子从蹒跚学步,到自如地奔跑跳跃,正一天天长大。儿子给这个家,带来了无穷的快乐。但是,这个调皮的男孩,也因此制造了一次次险情。好奇心使他什么东西都要看一看,什么东西都要摸一摸,什么东西都想玩一玩。为了不伤到他,年轻的父亲只能将家里一些易碎和危险的东西,往高处藏:放在茶几上的玻璃杯,都移到了柜子上;摆在桌上的花瓶,挪到了橱顶上;开水瓶藏在了厨房平台的最里层。可是,这一切反而更激起了孩子的好奇心,年轻的父亲越将东西往高处藏,孩子越想看一看,他趴在桌子或柜子沿上,踮起脚尖,再踮起脚尖,然后,伸手去探,去摸,去捞,去勾……"啪!"一个玻璃杯碎了;"哗啦!"一个装满东西的盒子摔到了地上。年轻的父亲看到孩子的模样,真是又好气又好笑,佯装"严厉"地"警告"他,再这样小心揍屁股。而他从没有因此打过孩子，他怎么能够阻止一颗向往、好奇、长大的心呢？

将家里认真检查了一遍之后，儿子来到客厅，在沙发上坐了下来。老父亲正在看一部重播的古装历史剧，他对这种古装戏其实没什么兴趣，但他还是每晚陪老父亲看上一集。有一次，老父亲对打着盹的他说，你累了，赶紧回去休息吧。他惊醒了，对老父亲说，回去只能陪她看煽情的肥皂剧，您就让我在这儿多看一会吧。老父亲乐了，女人都这样，你娘在世时，不也喜欢看那些电视吗，你要让着点她。儿子点点头。儿子和老父亲，继续有滋有味地看着电视。

若干年前，儿子上中学了，学业越来越紧张，应试、升学，将儿子和全家人的弦，都绷得紧紧的，特别是高考之前那段时间，家里的空气沉闷得就像炸药，随时都会被点爆。人到中年的父亲和母亲，在家里走路，都是踮着脚尖的，生怕轻微的响动，影响了紧张复习的孩子。一次，儿子惊讶地发现，家里的电视机很久都没有打开过了，他问父亲，你们怎么不看电视了啊？父亲不屑一顾地说，电视节目越来越粗糙，越来越难看，看了就生气，不如不看。儿子信以为真。直到他高考结束那天，家里的电视机才和父母的笑声，一起重新响了起来。

夜慢慢深了。儿子将老父亲搀扶上床，然后，告别老父亲，轻轻带上门，回自己的家去了。

若干年前，每个寒冷的冬夜，父亲都要披衣起床，蹑手蹑脚走进儿子的房间，将儿子蹬开的被子掖好。儿子翻了个身，又沉入甜甜的暖暖的梦乡。他不知道这一切。

· 我们的心就像一个停车场

夜读,被诗人北岛的一句话猝然击中,他在《失败之书》中说,“诗人的心像停车场,知道有多少辆车进来,停在什么位置。”

这真是一个俗而精妙的比喻。掩卷而思,觉得不独诗人,我们普通人的心,不也像一个停车场吗?

你的心越宽广,停车场就越大,也就能容更多的人、更多的事、更多的风雨。

内心强大,需要有一个宽敞的入口,它就是你的心门。这个心门,不必奢华,但一定要足够宽敞,方便进入。有的人心很大,但太自负自傲,总是摆着一副拒人于千里之外的冷脸,谁还敢贸然进入呢?

一个停车场,要有入口,放世界进来,还要有出口。再强大的心,也是和停车场一样,容量有上限。一个人,不能把什么人,什么事,都放在心上,舍不得放开。那样,你的心就会不堪重负,拥堵不堪。出口是和入口同样重要的通道,放下一些人,放走一些事,你才能有空间容纳更美好的人和事,也才能让自己透口气。

不是什么车进来了,就都是停车场的私有物品,它有进来的冲动和自由，也有随时出去的可能，你必须有这个心理准备。你要知道，大多数车，进停车场只是临时停靠，它有它自己的位置和世界。人也一样。攘攘一生，我们会遇到很多人，其中有的成了朋友，一度在我们的心中占据着很重要的位置，但时世变迁，人心难料，很多人走着走着就散了，这也是很正常的事。

有的车，喜欢停在停车场的门口，那是为了出去方便。我们的心也一样，有些人进来了，本来就是为了某种目的，带着功利心进来的，他的目的达到了，或者眼见着你并不能如他所愿，抑或他认为你不再对他有价值，他就会毫不犹豫地开走，一溜烟跑得没影没踪。这一点也不值得惋惜。

有的车，总想停在显眼的位置，那是要引起你的注意，害怕遭冷落，受伤害。他可能是刚结交的朋友，也可能是你的亲人。它提醒你，进入你心中的人，你都应该呵护他们，给他们应有的照顾和温暖。一个想长期驻留在你心中的人，他就像一辆驶进停车场的车，往往会自觉地找一个僻静之地，本分地停靠，然后，默默地注视你，关注你，与你同喜同悲。这样的人，不是亲人，就是爱人、知己。因为安分，因为不显眼，因为不争不抢，他们很可能反而容易被疏忽，遭遗忘，受冷落。多少人间遗憾，由此而生。所以，时时巡视、躬省一下我们身边的人和内心吧，永远也不要忘了那些可能陪伴、支持了我们一生的人。

有的车，很霸道，一个车身却占据着两个车位。如果不是司机技术不佳，就是骄横惯了。越是心地善良的人，越是包容性强的人，心里越是可能住着一两个这样的人。而且偌大的停车场，车停得多了，因为抢位子，进进出出，争风吃醋，不免秩序混乱，矛盾丛生，时有磕磕碰碰的事情发生，这没什么大不了，只要自己的心不浮躁，方寸不乱，一碗水端平，就没有过不去的坎，解决不了的难题。

有的车，很新，很干净，这就像一个心地纯净的人。在你的心中，这样的人越多，你的心自然也就越洁净，让人欣慰。但难免有沾满了灰尘的车进来，就像一个疲惫、邋遢、萎靡不振的人。他已经进来了，怎么办呢？如果你的心足够包容，足够宽大，那就不妨再弄个洗车场，给他擦一擦，洗一洗，让他焕然一新。一颗能净化别人的心灵，才是真正博大、美丽的心灵。

一个停车场，再大，填得满满的，也会让人有窒息感；再小，没有停几辆车，也会空落落的，了无生机。因此，我们需要不断充实自己的内心，让它丰富多彩起来，也需要留下一点空间，使之永远保持自由、弹性和活力。

第三辑

有一种爱叫相依为命

35年了，母亲已经背坏了二十多个背篓。不论走到哪儿，老母亲都背着背篓，和背篓里的儿子。年迈的母亲，已经忘却了这是苦难。她艰难地弯下腰，背起背篓，走在崎岖的山路上，那是回家的路。儿子躺在背篓里，和她说着话。这让她很满足，儿子和她如此相依为命，这也是上天的礼物啊。

镶嵌在墙上的黑板

这是一片神秘的土地，在大山掩映之中，一个小村庄，突兀地出现在我们面前。我们带的地图上根本没有标注，就连为我们带路的向导，都不知道有这么一个小村庄。我们惊喜地走了进去。

小小的村落，散布着几十户人家，过着世外桃源般的生活。与近乎原始的自然环境相比，更让我们惊讶的，是当地的村民。据说，除了偶尔有县乡的工作人员和村民的亲戚进过村之外，这些年，几乎没有什么外人，走进过这个村庄。村民们看见我们这些误闯进来的外人，就像看见外星人一样，好奇而激动。我们在村民们好奇的目光中，好奇地绕着村庄边走边看。家家户户的门，都是敞开着的。在其他地方，你已经无法看到这样日不闭户的场景。

最后，我们来到了小村唯一的一家代销店，我们想在这里补充点物资。小店里只有最基本的日常生活用品：盐、酱油、一两种劣质烟、坛装的老白干……都是村民们需要的东西，而我们需要补充的矿泉水和方便面，竟然都没有，店主解释说，矿泉水，村民根本不需要，方便面？那么贵的东西，小村可没几个人吃得起。

我们买了几块当地产的大饼,店主热情地为我们灌满了冷开水,这样,我们后面的行程就不怕了。因为要出山进货,店主算得上是这个小村里见过世面的人。我们和店主聊起来。小店门边,镶嵌在墙上的一块黑板,引起了我的兴趣,上面用粉笔歪歪扭扭写着一些文字和数字,如大黄,酒,4.6;二贵妈,酱油,2;黑头,盐、烟,13.45……问店主,黑板上写的是什么?店主笑着说,是大家伙赊的账,等有钱的时候,就来结一下。原来是账单。正说着话,一个中年人来买烟,店主递给他一包烟,中年人接过烟,顺手在墙上抠下一小块石灰,将黑板上的一个数字擦了,重新写了个数字,然后,拍拍手,和店主打声招呼,走了。我们惊讶得目瞪口呆,就这么随便擦擦写写啊?店主看出我们的困惑,笑着说,都是乡里乡亲的,谁还会赖我几个钱啊?

有人上前用手轻轻擦黑板上的字,一擦就没了,而且,这块黑板是镶嵌在墙上的,即使晚上,也只能"挂"在外面,如果谁晚上偷偷来将名字擦掉了,或者将数字改了,那不是轻而易举的事啊。店主说,这事,还真发生过。有一次,一个村民来买东西,忽然发现自己名字下面的数字没了,可能是被哪个调皮的孩子擦掉了,村民赶紧找了块石灰,将数字重新写在了黑板上。大家在我这里赊了东西,他们记的可清楚了,我这个黑板,也就是个形式,其实,账本都在大家的心里呢!

店主的话,让我们羞愧不已。多么纯朴的村民啊!我们感慨说,店主这个黑板,可以作为现代人的一个典型教材,我们现在最缺少的,就是诚实和信任了。

回城之后,我们将这个故事讲给身边的人听,闻者无不感动,太难得了!一批批人沿着我们的足迹,走进了深山,去寻访那个神秘、纯朴的村庄,而大家最感兴趣的,就是那块象征着诚实和信任的黑板……

一年之后，我们一帮人，再次踏上了那片神秘的土地。进山的道路，已经拓宽了很多。我们轻松地找到了那个小村。未进小村，就被它热闹的气息感染，一打听才知道，这一年来，小村已经被开发成旅游景点了。

我们顺利地找到了那家小店，小店的周围，又开了好几家纪念品和土特产店。让我们聊以自慰的是，镶嵌在墙上的那块黑板还在，上面的账单也还在。很多游客，在黑板前拍照，留念。我悄悄摸了摸黑板上的字，擦不动，原来是白色的油漆写的。店主认出了我们。一边忙着招呼生意，一边告诉我们，小店生意大了，经常有人赖账，所以已经不赊账了，再说，现在村民也都有钱了。我问，那还留着这块黑板干什么？店主呵呵一乐，招牌啊，很多人就是冲着它来的呢，这还得谢谢你们的宣传啊！

我无言以对。墙上的黑板，白漆的名字和数字，冷眼看着眼前热闹的景象。

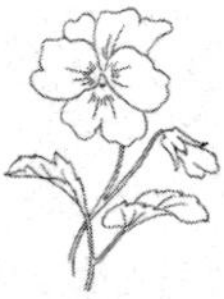

一个人的历史上的今天

浏览朋友圈。有位朋友发了张照片，是他站在布达拉宫前的留影。这家伙喜欢旅游，据我所知，单西藏他就已经跑了好几趟，以为他又去西藏了。细看文字，才发现不是，而是一张旧照："12年前的今天，第一次入藏，与神圣的布达拉宫合影，激动的心情至今犹历历在目。"

有意思的是，他竟然清晰地记得，是在12年前的今天。

忽然想，12年前的今天，我在做什么？我没有写日记的习惯，12年前的今天，早已忘得一干二净了。我之所以不能像朋友那样，记住这一天，一定是因为我的12年前的今天，像今天一样平淡无奇。

忽然又想，我已经走过的51年的岁月中，有没有哪一年的这一天，是有着一点特别意义的？在某一年的这一天，我或者是做了一件什么有意思的事，或者是见到了一个什么有趣的人，或者哪怕是发生了一点什么意外？思来想去，似乎也没有。

很显然，51年来，所有的这一天，我的生活都平淡无奇，甚至可以说是了无趣味。

我们的日子很平淡，日复一日，月复一月，年复一年，这辈子就过得差不多了。对一个人来说，你已度过的时光，就是你的历史，那么，此后，每一年的每一天，你都可以在自己的“历史长河”里，找到若干个对应的日子，你的历史上的这一天，有什么值得记住的，让你终生难忘的吗？

我想，再寡淡的人生，也总是有你值得记住的一些日子的。

我们能记住的日子，一定都是特别的。

最难以忘怀的，当然是我们自己的生日。若干年前的这一天，我们呱呱啼哭着来到了这个世界，从此开始了我们或平淡或惊奇的一生。不管你已有的生活是怎样的，自己生日这一天，都是值得我们铭记并庆贺的，为我们自己，也为了将我们辛苦地带到这个世界，并抚养我们长大的父母。

一些特殊日子也是不容易忘记的，比如与爱人的结婚纪念日，比如你第一次与他或她约会，比如你第一次拥他或她入怀。如果你觉得自己是找到了这辈子的真爱，那么，你第一眼见到他或她的那一天，那一刻，你也会刻骨铭心，终生难忘。

还有些日子也是难忘的，高考的那一天，入职的那一天，升职的那一天，搬新家的那一天，买第一辆车子的那一天，头一次出国旅游的那一天……

有些意外，会让我们永远地记住那一天；

有些大喜或者大悲，一辈子我们也不会忘记；

有些虽然平淡，但对自己来说，却是很特别的日子，也是难忘的。我的一位文友，勤勤恳恳写了大半辈子，虽收获不多，却对自己的文章第一次发表那一天，至今念念不忘；我的一位乡下长辈，是做木匠的，一直清晰地记得，他第一次去师傅家拜师学艺时的情景；而我自己，年少时读了18年的书，36个新学期，唯一记住的，是我10岁那年，父亲牵着我的手，翻山越岭，送我去邻村上学的那个雨天。

对其他人来说，这一天与其他的日子，也许毫无区别，但对我们来说，因为我们在这一天，遇到了一个人，发生了一件事，而使这一日熠熠生辉，与众不同，值得铭记。因而，在此后的生命旅程中，我们会对每一年的这一天，生出别样的情愫，纪念它，感怀它。

一辈子很漫长，一辈子也很短暂，能让我们记住的日子，其实并不多。在我们自己的历史之河中，之所以能有些日子让我们一辈子不忘，未必是因为发生了什么惊天动地的事情，也未必是精彩纷呈的，它很可能像其他众多的日子一样平淡无奇，但它却是我们自己在生命的长河中打下的深深的、清晰的烙印，它是我们活过的证据，是值得我们记住和珍惜的。

这样的烙印多一些，深刻一些，有意义一些，当你垂垂老矣，打开自己的历史时，才不会遗憾。

“懒人”家的雪

在中国雪乡，几乎每一片雪，都是一道风景。雪乡的雪，厚积在一起，或状如巨大的蘑菇，或貌似憨厚的海龟，或形犹奔跑的骏马，或静若安卧的白兔……喜欢拍照的你，随便往哪儿一站，身后的皑皑白雪都会衬给你一个惊艳的背景。

不过，导游一定会告诉你，如果想拍到最迷人的雪景，你必得去“懒人”家的小木屋。“懒人”家的木屋顶上，有最厚实的积雪，最厚的时候，能有一米多高；“懒人”家的后院，有最纯净的雪地，如镜的雪地上，每一粒雪都恰到好处地停留在自己的位置上；“懒人”家的屋檐，厚厚的雪挂，一直拖到地面，成了最丰韵的雪尾巴；“懒人”家的木栅栏上，积雪凝聚成厚实的蘑菇，富态的白菜，丰腴的伞屋……走进“懒人”家被层层积雪拥围着的小木屋，犹如走进一个圣洁的童话世界。

一批批游客，被白雪牵引着，走向“懒人”家。

我也是循着雪的足迹，走进了“懒人”家的小木屋。果然没有让我们失望，“懒人”家的雪，比我们在雪乡别的人家看到的雪，更厚实，更洁净，更天然，更完美。

一个问题萦绕着我：同样在雪乡，难道雪更青睐“懒人”家吗？

导游笑了，当然不是，老天不会为“懒人”家多飘落一片雪。那么，为什么“懒人”家的雪，要比别地显得要更厚实而干净呢？导游说，这也正是“懒人”的由来。

导游给我们讲了“懒人”家小木屋的故事。

雪乡几乎在一夜之间出名之后，全国各地的游客纷纷慕名而来，蜂拥而至的游客，为偏僻闭塞的雪乡带来了滚滚财富。寂静的山村一下子热闹起来，全村一百多户家庭，几乎家家垒起了新炕，打扫干净门前的雪，办起了家庭旅馆，招揽游客。游客们住在村民家中，睡农家炕，吃东北小菜，堆雪人，打雪仗，其乐融融。有的村民，还推出一些特色游玩项目，诸如马拉雪地车，狗拉雪橇，雪地摩托，滑雪圈，等等。总之，村民们从中获得了巨大的经济收益，很多人家奔向致富的大道。

只有“懒人”家，毫无动静。“懒人”既没有多垒一个炕，以招揽游客，也没有去开办任何一个游玩项目，挣点外快。在大家竞相揽客生财的时候，“懒人”却双手拢在袖子里，安静地旁观着大家忙碌奔走的身影，甚至连家门口的落雪，都懒得清扫。不但不扫，“懒人”对落在他们家的雪，都视若珍宝，倍加珍惜，不容许任何人动哪怕一粒雪。于是，从入冬以来的第一场雪落在“懒人”的院子里开始，它们就再也没有移动过一步，一场雪，又一场雪；积起一层，又积起一层。层层叠叠厚厚实实的积雪，最终像一个朴素的白套，将“懒人”家的小木屋，“懒人”家的后院，“懒人”家的木栅栏包裹、堆积、成形。终于有一天，一个爱好摄影的人，循着白雪的踪迹，找到了“懒人”家的小木屋，如此圣洁、如此安静、如此完美，若处子一样的白雪，将他彻底震撼。“懒人”家的小木屋，成了热闹的雪乡唯一一个被完整保存的雪地院落，成为绝景。游客纷至沓来。这时候,人们才恍然明白,“懒人”实则不懒,他只是智慧地与雪融为一体。

“懒人”姓阎,在“懒人”家的院子里,我没能见到他,听说这几天,他又独自一个人跑进林海雪原里去了,他想看看,雪落在一个完全没有人迹的地方,会形成怎样的景致。也许,明年去雪乡的人,能在他家的院子里,欣赏到另一幅自然飘落天然形成的雪景。

走出“懒人”家的小木屋,到处是热闹的游客,疾驶的雪地摩托,汪汪叫的拉雪橇的狗们,叫卖土特产的高音喇叭,以及空气中弥漫着的马粪的味道。盛名之下的中国雪乡,据说每年要接待几十万游客。热闹的雪乡,正在一点点失去它固有的安静和冷艳的韵味,“懒人”家小木屋顶上的雪,安静而无奈地注视着这一切。

沉默是最好的试纸

咖啡馆一隅，一男一女，相聊甚欢。他们一直不停地说着，似有说不完的话。男子说到兴处，辅以手舞足蹈，引得女子咯咯发笑，不时附和。忽然，男子停了下来，似乎是刚才那个有趣的话题讲完了，一时又没有找到新的适合的话题，女子看着男子，欲言又止。

两个人就这样你看看我，我看看你，又慌乱地把眼睛移开，骤然陷入沉默。仿佛整个世界都寂静无声了。

男子几次试图再张嘴说话，不知道为什么，又咽了回去。女子笑笑，仿佛若无其事的样子。空气中弥漫着怪怪的咖啡味。

沉默，死一样的沉默。因为这突然而至的沉默，两个原本聊得甚欢的人，脸上都露出掩饰不住的尴尬。

不知道是该说的都说完了，再也无话可说了，还是忍受不了这难堪的沉默，两个人最终起身，离去。

而他们的邻桌，坐着的，也是一对男女，样子既像是一对结婚已久的夫妻，又仿佛是一对熟稔的老朋友。两个人品着咖啡，偶尔说几句话。更多的时候，男的似乎在发呆，而女的用小勺优雅地搅拌着咖啡，呷一口，抬头看着男的，她就那么看着，不说一句话。男的收回目光，与女的目光相撞，会心一笑。

他们就那么安静地坐着，也许要说的话，已经说完了，也许他们压根就不是为了找个地方说话的，他们来，只是为了坐一坐，喝一杯咖啡，瞥一眼窗外，倘若忽然想到了什么，就偶尔说一两句话，其他的时候，他们沉默，各自安静地想着什么，或什么也不想。他们丝毫没因为沉默而感到尴尬，抑或沉默倒是他们此刻最大的享受。

沉默是最好的试纸。一个人，与另一个人，关系到底有多融洽，或者有多和谐，不是看他们在一起时，有多少话可说，也不是看他们在热闹时的表现，而是当他们沉默时，是否因为彼此的沉默而冷场、尴尬、沉闷、难受、手足无措，甚至觉得窒息。

有人说，关系的理想境界是什么？好的关系，连沉默都舒服。

两个人在一起，不说话，不对视，只是发呆，走神，或各忙各的，各想各的，却不觉得无趣，也不觉得难堪，没有不自在的感觉，而是放松，舒服，坦然，这说明，这两个人若非亲人，就是夫妻；若非老夫老妻，就是心心相印的情侣；若非情侣，就是知己，真正的朋友。

连沉默都让你舒服自在的人，是真正懂你的人。

我的岳父母，都快80岁了。他们在一起，厮守了大半辈子的时光。记得刚退休时，他们整天在家里说话，似乎要把积攒了几十年的话，抓紧说完。有时，说着说着，因为观点相左，还会发生激烈的争执。

现在，他们的话，却越来越少了。

一天中，他们大部分的时间，是在沉默中度过的。他忙他的，她忙她的，或者，他晒他的太阳，她晒她的太阳。他们习惯了他(她)就在身边，却并不一定要说点什么。到了中午12点，她会从药盒里分好药，一杯是他的，一杯是自己的。而他已经准备好了温开水，一杯是她的，一杯是自己的。他们做这一切的时候，一句话也没说。他们已经习惯了各自的，这温开水一般的沉默。

人生的舞台

头发理好了。镜子里的我，显得精神多了。我满意地朝理发师点点头。

我准备站起来，理发师却示意我再等等。以为他觉得哪里不如意，还需要修剪一下。为客人理发，他总是丝毫不马虎，不论是生客，还是熟客，这也是我定点在他这儿理发的原因。我笑着说，可以了。他换了一把细细长长的剪刀，对我说，你有几根白头发，我帮你挑出来，剪掉。说着，左手将我的头发扒开，理顺，轻轻地挑起一根，右手握着剪刀，小心翼翼地伸到发根，剪断。

一根，两根，三根……一共找到了 19 根白发，都帮我从发根剪掉了。又仔细地用手将我的头发都扒拉了一遍，确认没有白头发了，才拿起梳子，帮我将头发重新梳顺。一边梳理，一边跟我讲着平时怎样护理头发。从镜子里，看到他神情专注、熟练、从容，像做着一件大事似的。

这是小区里的一家社区理发店，门脸很小，只有他一个理发师，也只有一把椅子。虽然离家近，但以前我从没有进去理过发，总感觉这样的小理发店，是专门为社区里的老人们服务的。我都是在小区外的一家大理发店理发。直到有一次，因为急于参加一个活动，来不及去那家大理发店了，我才第一次走进他的小店。没想到理发师的手艺非常棒，剪出来的发型很适合我。价格也公道，理一次发，只要10元钱。

再次去他的理发店理发时，他正忙着为另一个客人理发，我坐在一边等待。这才留意了一下他的小店，狭小、干净，设施非常简单，唯一可以称得上精致的，是地上铺着的暗红色的实木地板，与一般理发店黑白相间的地砖，显得很不同，让人感觉古朴而温暖。他低着头，专注地为客人修剪着头发，不时围着椅子，移动脚步。当我的目光落在他的脚上时，惊讶地看见，椅子后面的地板，因为他的脚踩来踩去，红漆被磨光了，露出了木头的本色，样子看起来就像镶嵌在暗红色地板上的一个白色月牙儿。

在帮我理发时，我和他聊了一会儿。他告诉我，从这个小区建立那天起，他的这个小店就开张了，至今已经快20年了，小区里的不少老住户，都是在他这儿理发的，有的孩子刚出生时在他这儿剪的胎毛，如今都长成大小伙子了。难怪椅子后面的地板，都磨出了木头的本色。我让他看看自己的脚下，他低头瞅了瞅，忽然憨憨地笑着说，地板都磨白了。我说，那是你踩出来的月亮呢。

地板上的月牙儿，那是一个理发师十几年的舞台。想象着一个人长年累月，就围着一把椅子转动，工作，那是怎样的一种寂寞，又是怎样的一种境界啊。月亮升起来了，理发师也从意气勃发的青年，步入了蹒跚的中年。

每次去菜市场买菜，我都会上唐师傅的肉铺，买点猪肉或排骨。不为别的，就因为唐师傅卖的肉，安全、公道，决不会有病猪死猪。一年三百六十五天，除了每年大年初一这一天关张外，唐师傅的肉铺，天天都会营业，而唐师傅总是站在他的肉铺里，笑眯眯地迎接着每一位顾客。

唐师傅的肉案上，有一个硕大的砧板，厚度足足有一尺半，是最好的蚬木做的，样子不像是个砧板，更像是一个敦敦实实的圆木桩，靠里的一侧，深深地凹陷下去。有一次和唐师傅闲聊，他告诉我，20多年前，父亲特地去广西给他买回来的，那时候他刚刚高中毕业，高考落榜了，心灰意懒地跟着父亲一起在菜市场学卖肉，这个砧板，就是父亲送给他的礼物。当时，这个砧板高度有60公分厚。唐师傅一边为我剁骨头，一边有点自嘲地说，没想到，这一干就是20多年，如今儿子都读大学了，那么厚的砧板，也被我剁掉一小半了。

唐师傅挥舞着厚实的砍刀，在砧板上一刀刀剁着，坚定，干脆，有力，手起刀落，骨头被剁成均匀的块状。

忽然想，这块砧板，不就是唐师傅的舞台吗？砧板一点点凹陷下去，岁月一点点流逝，砧板挑起了唐师傅一家的生活，也支撑着唐师傅的希望。

对我们很多人来说，人生的舞台，也许就是一把理发椅，一块厚实的砧板，或者一台缝纫机，一面黑板，一个方向盘，一只电脑鼠标，一亩土地，一把瓦刀……我们一生中的很多时间，就是在它们面前度过的。舞台如此之小，微不足道，但是，只要稍稍留意，你就会发现，那里面一定有一个人的青春和岁月的痕迹，一定也呈现出了一个美丽的月牙儿。

正是无数个这样的小舞台，才搭建成了人生的大舞台，社会的大舞台。

你有多重要

汽车进入了山区，山路崎岖不平，颠得人五脏六腑都翻腾出来。车上只有十几个乘客，坐在后几排的乘客，因为颠得吃不消，都挪到了前排。

他却主动移到了最后一排，五个座位连在一起，正好可以躺下来。他太需要休息了。这段日子，工作丢了，谈了好几年的女朋友也吹了，整个人完全处在心灰意懒之中，连续十几天吃不下睡不着，他觉得自己走到了人生的绝境。此行，他想回老家看看父母，年迈的双亲培养出他这个大学生很不容易。他觉得自己对不起他们，他不想再让他们为自己操心。他决定在了断自己之前，再看一眼可怜的双亲。

汽车颠簸着前进，乘客都昏昏欲睡。他也恍恍惚惚进入梦乡。

突然，在一阵剧烈的撞击后，汽车猛地停了下来。

所有的乘客都被惊醒了，有人头撞在了前排椅子扶手上，有人被震碎的窗玻璃割伤，有人被抛出了座位，躺在后排的他，也被高高地弹起，又重重地摔了回来。

出车祸了！

车厢里，立即爆发出一片惊叫声、哭喊声。一片混乱之后，大家你看看我，我看看你，虽然都有不同程度的撞伤，但看来都无大碍。大家稍稍松了口气，探头窗外，看看到底发生了什么事情。这一看，让他们惊出一身冷汗：车子悬在路边的半空中，晃晃悠悠，而下面，是一个峡谷！大家这才发现，车子是斜的！车头向下，尾巴翘起。

车内再次爆发绝望的哭喊声，混乱之中，倾斜的汽车剧烈地摇晃，随时都有可能坠落。

他看看身边，最后一排只有他一个人。窗户是开的，他轻轻移到窗前，看看外面，还好，还有近半个车身挂在路牙上，只要从窗户跳出去，他就获救了，安全了。

他站起来，探身准备往外跳，可是，因为他的移动，车厢猛烈地颤动了一下。他突然意识到，如果自己跳下去，整个汽车可能因为重心失衡而坠落。前面的乘客发出惊呼：你不能跳出去，不然我们可就都完了！

是的，他不能只顾自己跳出去，那将置一车人于死地。可是，如果不马上跳出去，汽车可能随时坠落，那自己也将与大家同归于尽了。他不怕死，他这次回乡，就已经做好了死的打算，只是没想到会是这种死法。

他深深地吸了口气。

他冷静地判断了一下形势。中学时，他的物理成绩就很好，他知道，在现在这种情况下，车头和车尾重量的稍稍改变，都可能使微弱的平衡被打破，而致车毁人亡。其他乘客都在汽车的前半部分，车尾只有他一人，他是这个平衡系统中，最重要的一环。他这一生，从来也没有这么重要过！

现在，唯一可行的自救办法是，他保持不动，维持这个平衡，让前面的乘客，慢慢往后移，再从窗户逃出险境。

他对大家说，我不动，你们一个一个从前面挪过来。千万不能挤，不要慌张，一个一个来！

在他的指挥下，离他最近的一位乘客，一点一点，向车尾爬过来。汽车轻轻地摇晃着，每一次抖动，都揪着大家的心。

第一位乘客，成功地移到他身边，从窗户跳了出去。又一位乘客，爬了过来。十几位乘客都获救了。受伤的司机，也从驾驶室爬了出来。

他最后一个从窗户跳了出来。汽车晃了晃，没有坠落。

惊魂未定的乘客们，都安全获救了。看着摇摇欲坠的客车，大家的脸上流露出劫后余生的欣慰。等大家定下神来，才想起坐在最后一排的那个小伙子。如果没有他的沉着和勇敢，不敢想象，会是怎样不堪的后果。大家四处找他，向他表达谢意，却没有找到。

他已经悄悄走了。他的家就在离此地只有几公里的山坳里，上中学时，为了省路费，他就常常一个人从这条山路步行回家。十年前，也是从这条山路，他走出了大山，他是他们山寨里走出的第一个大学生，他曾经令多少人为之自豪啊。

落日的余晖洒满山林。他拐进一条小路，这样可以早一点到家。归巢的鸟们，成群结队，从他的头顶掠过。

远远地，他看见了掩隐在山坳里的山寨，炊烟袅袅升起，他仿佛看见母亲被灶膛里的柴火映得通红的脸。他加快了脚步。他的主意已经改变，他要从这里，重新开始自己的生活。

有一种爱叫相依为命

35岁的熊明强,是躺在母亲的背篓里长大的。

熊明强是父母亲的第一个孩子,他的出生给这个贫穷的家庭带来了短暂的快乐,紧接着命运就把他们推向了苦难的深渊。因为先天畸形,他的四肢没有骨骼,这意味着他永远长不大,永远不能走路。35岁了,他的身高只有80厘米,体重也只有26公斤。

每天无论是下地干活,还是上街串门,65岁的老母亲,都会将熊明强小心翼翼地放进背篓,背在身上,然后一起出门。在重庆巴南区南彭镇鸳鸯村泥泞坎坷的山路上,你经常能够看见这样一幕:一位身穿蓝色粗布外套,脚穿解放鞋,身体瘦弱的老妇人,背着一个小背篓,背篓里装着一个面相30多岁、身高却只有几十厘米的男子,"嘿哟,嘿哟",缓慢而吃力地走在路上。

躺在母亲的背篓里,熊明强看到最多的,是母亲的后脑勺。有一天,他惊讶地看见,母亲头上出现了第一根白发,那是连母亲自己都没有注意到的。这个发现,让他难过不已。那时候,母亲还非常年轻,村里像母亲这个年纪的女人,都显得格外秀气漂亮。他想帮母亲拔下来,母亲却摇摇头。就像夜里骤然而至的大雪一样，没几年，母亲的头发就突然变得花白了，像霜打的一样。他已经无法数清白发有多少根了，他很伤感。母亲反而笑了，天下还有哪个儿子会留意到自己妈妈头上的第一根白发呢？

躺在母亲的背篓里，熊明强明显地感觉到，母亲的背篓在慢慢地倾斜。他的重量，加上背篓自身的重量，接近60斤。这个重量，一个成年男子背着都会感到吃力。以前，母亲背着他下地干活，因为山里的地，离家很远，所以，走着走着，累了的母亲，腰就会慢慢弯下来。母亲的腰一弯曲，他就知道，母亲是太累了，他就会让母亲将背篓放下来，休息一下。这时候，他会用双手，帮母亲揉揉肩膀。靠在背篓旁的母亲，一脸惬意的样子。可是，现在，刚背上背篓，就倾斜了，向前弯曲，他知道，这是因为母亲的脊梁，已经弯曲了，母亲年纪大了，她的腰杆，再也不能像从前那样挺直了。这让他愧疚不已，是自己将母亲的腰杆压弯了啊。母亲却总是很欣慰的样子，天下还有哪个儿子，会留意到自己妈妈的背，是从什么时候变弯的呢？

熊明强从小就很少喝水，出门下地干活之前，母亲都会让他多喝点水，免得在田头口渴，但他总是摇摇头，从小他就不大喜欢喝水。只有他自己知道，多喝一口水，母亲的背篓就会多一口水的重量啊。

沉重的背篓，使母亲习惯了低头走路，熊明强就会从背篓里伸出头，帮母亲看前面的路，有个沟，有条坎，有个树枝什么的，他就提醒母亲。坐在背篓里，看着母亲埋头在田里干活，熊明强会经常抬头看看天，如果有乌云过来了，他就喊母亲，赶紧找地方躲雨；如果正午的太阳把自己的影子缩进背篓里了，他就告诉母亲，该回家做午饭了。

35年了，母亲已经背坏了20多个背篓。不论走到哪儿，老母亲都背着背篓和背篓里的儿子。年迈的母亲,已经忘却了这是苦难。她艰难地弯下腰,背起背篓,走在崎岖的山路上,那是回家的路。儿子躺在背篓里,和她说着话。这让她很满足,儿子和她如此相依为命,这也是上天的礼物啊。

看人加把盐

在我看来，母亲做饭的手艺，实在飘忽不定：有时候偏淡，有时候又偏咸；有时候炒得过生，有时候又焖得过熟；有时候饭煮得很硬，有时候又煮得很软。可是，奇怪得很，所有来我家吃过饭的客人，却都对母亲做的饭菜，称赞有加，他们的赞美都是发自内心的，没有丝毫的虚假客套。

是隔锅饭香吗？是，也不是。

有一次，老家几个人，进城卖西瓜，母亲上街买菜，正好遇着，于是连拖带拽地，将他们拉回家，非得让他们吃了饭再回去。母亲指着一个年纪大一点的男人说，这是你舅。不认识。又指着一个看起来和我年龄差不多的人说，这是你表叔。也不认识。我离开家乡多年，老家的人基本上都不怎么认识了，除了亲戚和几个老邻居之外。亲戚里并没见过这几个人啊。可是，在母亲看来，乡里乡亲，都连着绊着，那不就都是亲戚吗。

母亲忙着张罗饭菜，真佩服她老人家，并没什么准备，却能一眨眼，整出一桌子菜来。母亲让我陪几个客人先喝点啤酒。我搛口菜，送入口中，还没咀嚼，一股咸气就直冲脑门，咸得我直龇牙咧嘴。我的娘哎，这菜里放了两次盐吗？我冲还在厨房里忙碌的母亲喊，菜太咸啦！没想到，几个客人却连连摆手，不咸不咸，正合口味呢。年纪大一点的对母亲说，嫂子，菜足够了，别忙了，你也过来吃饭吧。说着，搛一口菜，吧唧吧唧很响地嚼着，一边含含混混地说，嫂子，你做的菜，咋还是那么好吃呢。另外几个人，也一边喝酒，一边吃菜，很满意的样子。

送走客人，我对母亲说，今天的菜都太咸了，我说过多少次了，盐吃多了，对身体不好。母亲笑笑，我知道，今天不是你舅他们来吗，我才多加了把盐的。我诧异地看着母亲。母亲接着说，你晓得这么热的天，他们在大太阳底下卖西瓜，一天下来，淌了多少汗吗，他们的衣服一直是湿的。要是像平时给你们做的菜那样清淡，他们吃了根本没滋味的。

多加一把盐，这是母亲给她汗流浃背的乡亲，加把力呢。

有时候，家里来了年纪大一点的客人，母亲做的饭，就会软软的。我们知道，这是母亲为了照顾客人而为，不过，我们一家三口，特别是儿子，喜欢吃硬硬的饭。母亲自有她的办法。电饭锅里的米刚煮沸的时候，母亲会揭开锅，用饭勺子将米往一边拢拢，这样，煮出来的米饭就“一锅两制”了，一半稍硬，一半稍软。各取所需。

这就是我的母亲，和很多母亲一样，她的一辈子，基本上都是围着厨房和她的亲人度过的。谁喜欢吃甜的，谁又喜欢吃辣的；哪个爱吃这个，哪个不爱吃那个；母亲的心里，都清清楚楚。而母亲自己，总是舍不得将剩饭剩菜倒掉，而是混在一起，热一热，就成了她的可口的饭菜。那些咸的淡的，辣的酸的，苦的甜的，荤的素的，全部混杂在一起，这就是天下的母亲，吃得最多的饭菜。

去厨房里抱一抱我们的母亲吧，她往菜里撮一把盐，撒一点糖，倒一点醋，加一点水，无不是为了让我们的生活，变得有滋有味，甜甜蜜蜜。

送货工

小区有家便利店，顾客买重的东西，如桶装水啊，米啊，啤酒啊什么的，他们都送货上门。

那天，我去买了箱啤酒，还买了点别的零碎东西。本来想自己扛回去的，手里拎着其他东西，扛起来不方便。一个中年男人走过来对我说，我们店免费帮顾客送货的，你留个地址，我马上帮你送过去。

我看看他，黑，瘦，肩膀上搭条毛巾，身上的老头衫，洇着未干的汗迹，已经看不出当初的颜色了。认出他是店里的送货工，经常能看到他骑着一辆三轮车，满载着各种各样的物品，在小区里奔来跑去。

我告诉他几幢几号，他用签字笔，在啤酒箱上刷刷地记着。真没想到，那几个字，被他写得如此灵润飘逸，我惊讶地看着他。他不好意思地嘿嘿笑了笑，说，年轻时瞎练过几天字。我冲他竖竖大拇指，那字写得确实漂亮，如今能写出这手字的人，不多了。

刚走到楼下，他就骑着三轮车，也到了，三轮车上码着三箱啤酒、一袋米，还有一桶水，看样子，都是要送的货。我抢先一步，摁下了电梯，手挡住电梯门，等他。我们这幢楼，是小区里几幢小高层之一，装有电梯。他却冲我摆摆手，示意我先上，然后，扛起啤酒，径直朝楼梯走去。我喊他，有电梯啊。他扭回头说，一样，我走楼梯。说完，"噔噔噔"，向楼上走去。

我摁了四层。电梯呼呼直上。纳闷，为什么他不肯乘电梯，却要扛着那么重的东西，走楼梯呢？真是个怪人。

电梯到了四层。刚走出电梯，他也扛着啤酒，走上来了，嘴里微微地喘着粗气。他放下啤酒，问我，要不要帮我搬进屋？我摇摇头。看着他脸上细密的汗珠，我疑惑地问他，为什么不乘电梯？他摘下肩膀上的毛巾，擦着汗，低声说，咱身上汗味重，乘电梯不好。我怔住了，这叫什么理由？没等我开口，他和我告别，那我去送别人家的货了。说着，转身从楼梯往下走，"噔噔噔"的脚步声，在楼梯间回荡。

平时，在小区里散步的时候，经常能看见送货工奔跑着的身影。

有一次，一帮人刚走进电梯，正在关着的电梯门，忽然又慢慢打开了，还有人要上电梯。原来是送货工，扛着一袋米，站在电梯门口。有人往里挪挪，给他腾出位置。他将米袋搬进电梯，对站在按钮边的我说，麻烦帮我摁下12，谢谢啊。说完，转身向楼梯跑去。12层是最高层，看样子这袋米是要送到12层的，可他为什么自己不乘电梯，却让米乘电梯？电梯门慢慢关上了，身后有个女人忽然吸吸鼻子，嘀咕着：哼，连米袋上都留着一股汗馊味，难闻死了！很厌恶的语气。忽然隐约明白，那个送货工为什么不坐电梯了。

到了四层，我走出电梯的时候，听到楼道里急促的"噔噔噔"的爬楼梯声，心里担心着，送货工能赶上电梯的速度吗？

暑假的时候，送货工的三轮车后，忽然多出了一个八九岁大小的男孩，那是他留在农村老家的孩子。货多的时候，孩子跟在三轮车后面推，送完了货，小男孩就坐进三轮车里，送货工就骑得飞快，小男孩一路兴奋地惊叫着。有时候，到我们小高层送货的时候，送货工扛着货爬楼梯，小男孩则留在楼下，眼巴巴地盯着电梯口，可是，从来没有看见他坐过电梯，也许，是他的父亲叮嘱过他，他才一次次克制住了自己的欲望？

整个夏天，经常能看到送货工父子，在小区里奔来跑去。有时候，也能够听到他们快乐的笑声。小男孩和小区的几个保安似乎混得特别熟，还有几个女清洁工，讲着和他们一样的方言，因此也显得特别亲热。

我经常默默地注视着他们，想起我遥远的乡下老家。我知道，他们虽然来到了这座城市，却生活在另一条完全不同的轨道上。

·看到雪就又是一年啦

卫生间里又传来“哗哗”的水声。

她走进去一看，果然，他正在洗脸。这已是他上午第四次洗脸了。早上起床，他洗了把脸；吃过早饭，他在家里转了一圈，又跑去洗了一次脸；看了一会电视，他忽然站起来，又去洗了一次脸。

没想到，她刚买了菜回来，他又跑去洗脸了。

她告诉他，你已经洗过脸了，而且，已经洗了三次啦。他一脸茫然地看着她，喃喃地说，我真的洗过脸了吗？

她惨然一笑，说，我逗你呢。

他也乐了，我还以为我老糊涂了呢。

她的心隐隐地疼。他们都还不太老，她才61岁，他也才74岁，可是，显然医生的诊断是对的，他真的开始糊涂了。

他洗好了脸，帮他择菜。退休后，他们俩每天最大的事，就是买菜，烧饭，吃饭。

一根一根，他很认真地择着韭菜。

他忽然停下来，扳着手指头，默数着什么。半晌，好像是数明白了，激动地对她说，我们结婚已经整整37年了，再过3年，我们就结婚40年啦，就是红宝石婚了，我的愿望就实现啦。

她点点头。思绪被他的话拉回到37年前。

那是一个寒冷的冬天，他和她在他狭小宿舍里结婚了，因为年龄悬殊，她的家人极力反对。他们结婚时，没有婚礼，也没有亲人的祝福，只有窗外漫天飞舞的雪花。她依偎在他的怀里，他捧着她冻得通红的脸，对她说，我只求能陪你40年。

他们后来一起来到了这座南方小城定居。在南方，不是每个冬天都会下雪，但只要哪个冬天下雪了，他就会特别开心。

一眨眼，37年过去了。

她看着他，笑着说，说好了陪我40年，你可不能爽约哟。

他拍拍胸脯，郑重地点点头，还有3年，我肯定能坚持到那一天的，我一定要坚持到那一天。

看着他，她的心又隐隐地疼。儿子已经偷偷地告诉了她，爸爸的检查结果很不好，除了帕金森综合征外，他还得了癌症，中晚期，医生说，他怕是熬不过这个冬天了。

她瞄了一眼窗外，天阴沉沉的。据说，这个冬天将很可能又是一个暖冬。

他们共同期待的雪，恐怕是来不了了。

吃过中饭，他去午睡了，她看一会电视。午间新闻后，是天气预报，主持人说，一股冷空气正在南下，预计明后天全国将大规模降温，部分地区将降下今年的第一场雪。

下雪？她打了个激灵。

电视画面上，还画出了可能降雪的区域，他们所在的这座南方小城，不在降雪范围内，但是，淮河以北却有可能下雪。

她给儿子打了个电话，让他赶紧给他们买两张明天到宿州的高铁票。儿子担心地问，那边快下雪了，你们跑去干什么？她说，我就是带你爸去看雪的。

她跟他说，我们去宿州看看翠云吧。翠云是她的表妹。

第二天，他们坐高铁到了宿州。

住进翠云家，她把他的情况和她的计划，悄悄跟翠云交代了一下。

天阴沉沉的，刮着强劲的西北风。

傍晚，天空忽然飘起了雪花。

她喊他走到窗前，激动地说，看，下雪了，过年啦！

他将手伸出，几片雪花落在了他的手心上。他开心地说，真下雪了呢。

她说，老头子，过年了，从今天开始，你就75岁了。

他说，老了，又老一岁了。边说，边扳着手指头，默数，然后，盯着她，一字一顿地说，这么说，我们结婚38年啦。

她点点头。

在宿州住了几天后，他们回到了南方小城。

她每天都很准时地收看天气预报。

一个月后的某一天，她让儿子开车，陪他们回一趟北方老家。老家已经没什么亲人了，但村头孤零零的老屋还在。她在集镇上买了不少菜，还让儿子偷偷写好了一幅门对联。

第二天，果如天气预报说的，老家突然下起了雪，雪花漫天飞舞。她让儿子赶紧将门对联贴上。

她陪着他，站在老宅前，雪花很快落满他们一身。

她说，下雪了，过年啦！

他仰头看看天空，喃喃地说，时间过得真快啊。一眨眼，又过年了；一眨眼，我们都老了。然后，低下头，扳着手指头默数，说，我们结婚都39年了。

他们一家人，在沉寂多年的老屋里，吃了一顿团圆饭。

回到南方小城后不久，因为疼痛加剧，他住进了医院。

他再也没能走出医院。但是，就在他弥留之际的那晚，窗外突然飘起了雪花。大团大团的雪花，从天而降。

她附在他的耳边说，你看，窗外下雪了，又是一年啦。

他迷迷糊糊地睁开眼睛。他看见了大团大团雪白的东西在飞舞。他喃喃地说，我如愿陪了你40年，我满足啦。

他闭上了双眼。

楼上，他们的儿子，将最后一把碎泡沫，撒向空中。

玻璃心

装修房子，经常会有一些包装纸箱要处理。小区保安告诉我，地下车库里住着一个收破烂的，如果有废纸卖，可以直接到地下车库找他。

在地下车库的一个角落，用硬纸板搭了个临时棚子，棚子周围堆满了各种废纸、铁桶、塑料瓶什么的。一个中年男人正在埋头将一堆废纸归类整理。听说我有废品卖，他连忙拿起秤，跟我上楼。

找过他几次，就熟了。

有一次去地下停车库找他，不在。探身看看棚子里面，砖块垒起来的木板床上，躺着一个小女孩。问她大人呢？小姑娘告诉我，爸爸到地上收废纸了，马上就回来的，你等等啊。

地上？见我纳闷，小姑娘吃吃笑了，指指头顶，就是上面啊。

反正也没事，那就等等吧。

我问她，怎么不出去玩啊？好像从来没见过你呢。

爸爸不让我出去玩，而且，前几天我又摔了一跤，腿跌坏了，不能走路了。

这才发现，可怜的小姑娘，一条腿上，打着厚厚的石膏。

这时候，中年男人回来了，肩上扛着一大捆纸盒。放下纸盒，他拿起秤，跟我上楼。

新买了几件家电，所以，有很多包装盒。一边帮他折叠，一边聊起来。话题不知不觉转到了孩子身上。他重重地叹了口气，这娃命苦啊。

他告诉我，孩子不是他亲生女儿，是一次收废品时，在路上捡的。开始也没看出孩子有什么毛病，两岁那年，跌了一跤，将胳膊摔断了。也没当个事，只当是孩子骨头脆，经不住摔，哪里想到，原来是大毛病呢。医生说是一个叫什么玻璃的毛病，骨头很脆，一不留神，就会骨折。

我听说过这个病，先天性玻璃脆型骨质疏松症，是个世界性的疑难杂症，从来就没有治愈过的。

最让人担心的，是她常常会摔跤，一个趔趄，就可能折断她的哪根骨头。从小，就不敢让她跑，更不敢让她像别的娃一样玩耍嬉闹。尽管小心翼翼，可是每年，她都会骨折一两次。这不，前几天，一不小心，又摔了一跤，腿又断了。娃还不到十岁啊，她这辈子可怎么活呢？中年男人的眼里，透出沉重的忧郁和悲伤。

我不知道怎样安慰他。

搬家那天，我将儿子小学时用过的课本整理成一捆，送到地下车库。阴暗的地下车库里，飘荡着一股骨头的香气。

他正在煤炉上熬骨头汤。给娃补补。他说。

见我手里拎着一捆书，他赶紧找秤。我说，这次不是卖给你的。这些都是我儿子小学时的课本，放在家里也没什么用，给她看看，识几个字吧。

小姑娘斜躺在床上。我问她，认得字吗？她说，认得的，爸爸每天都教我认字，爸爸收回来的废纸里，有时会有好多好看的书呢。她拍拍身边的一堆书本,这些都是爸爸从废纸里找出来的。

痛吗? 我摸摸绑着石膏的腿。爸爸夸我是乖女儿,我不怕痛。小姑娘自豪地说。但是,爸爸,我的腿又痒了。

中年男人走过来,手里拿着一根细铁丝。爸爸帮你挠挠。

他轻轻地捧起那只绑着石膏的腿,小心翼翼地将铁丝捻进去,是这里吗?

我诧异地张大了嘴巴。仔细一看,石膏上,竟然有几个窟窿眼。他说,孩子的骨头正在愈合,很痒,这几个窟窿眼是我挖的,太痒了,就帮她挠挠。

小姑娘吃吃地笑着。好舒服啊,爸爸。

我看见,小姑娘的眼里,笑出了泪花。我的眼睛也湿润了。

从那以后,每天,我都会将在办公室看过的报纸带回家,隔段时间,就送到地下车库。

每天晚上,小区里都会有很多居民散步,我希望他们的脚步轻些再轻些,不要惊扰了地下车库里的小姑娘和她的爸爸。有时,路过地下车库的出口时,我能听到里面飘出的若隐若现的歌声,是小姑娘在唱歌吗? 她的声音,像玻璃一样清脆,也像玻璃一样,透着亮儿。

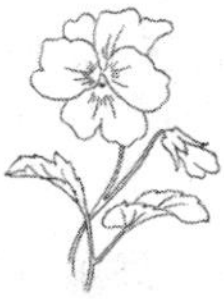

你自己生命的惊人光芒

去过巴黎莎士比亚书店的人，一定会注意到，书店通往二楼的逼仄楼梯上，写着一行行诗句：“I wish I could show you when you are lonely or in darkness the astonishing light of your own being”，翻译过来就是：“当你身陷孤独或黑暗，我希望我可以让你看见：你自己生命的惊人光芒！”

这句诗，出自14世纪波斯伟大的抒情诗人哈菲兹。它被醒目地书写在莎士比亚书店红色的楼梯台阶上，每一个进过书店并登上二楼的人，都会一眼看到它，它像一道光，让俯身攀登的人眼前骤然一亮。

一家小小的书店，而能成为巴黎的一处文化地标，莎士比亚书店本身，就具有惊人的光芒。

美国有句谚语：“人死后去天堂，美国人死后去巴黎。”可见作为世界文化之都的巴黎，在美国人心目中的地位。

莎士比亚书店的两任店主就都是美国人。

第一代莎士比亚书店，由希尔维亚·毕奇于1919年创办。毕奇在自己日后写作的《莎士比亚书店》一书中，描述了自己当初在巴黎寻找可作为书店的店铺时的场景，她和朋友艾德里亚娜费尽周折，终于在奥德翁路拐角的迪皮特朗街，找到了一家等待出租的房屋，以前它是一家洗衣店，门上还残留着“大件”和“精细”的字样，艾德里亚娜解释说，这是指他们既接受床单这样的大件，也接受精细的亚麻制品。说着，颇为丰满的艾德里亚娜站到“大件”下，然后让纤弱的毕奇站到“精细”下，“写的就是我和你。”她打趣说。

谁也不会想到，就是这个看起来纤细得弱不禁风的“精细”毕奇，将一家小小的书店，建成了作家们在巴黎的家，一处文化的摇篮。书店开业之初，亦是一战刚刚结束不久，“迷惘的一代”刚经历炮火与杀戮，对人类社会充满失望与怀疑，他们纷纷来到巴黎，试图寻找答案。海明威、乔伊斯、毕加索、庞德、斯坦因、艾略特，来自世界各地的作家，齐聚在莎士比亚书店。海明威在《流动的盛宴》中回忆：“在那些日子里，我没有钱买书。我从莎士比亚书店借书看……在一条刮着寒风的街上，这是个温暖、愉快的地方，冬天有个大火炉，满桌满墙的书籍，橱窗里全是新书。”

让莎士比亚书店真正奠定它在文学史上地位的，是毕奇冒险帮助作家乔伊斯出版了在美国和英国都被列为禁书的《尤利西斯》。当时，困顿的乔伊斯走投无路。连载《尤利西斯》的报刊都遭到了美国当局的打击，杂志被扣押和没收，甚至对出版人提出了起诉，英国也视《尤利西斯》如洪水猛兽。就是在这样艰难的背景下，毕奇决定冒着被打压和破产的风险，出版《尤利西斯》。这部皇皇巨著这才得以出版，并畅销轰动世界。

虽然莎士比亚书店被作家们亲切地誉为“左岸银行”和“邮政总局”，但它的生存依然是艰难的，几次濒临倒闭。二战时，巴黎沦陷，书店在纳粹的一次次威胁之下，不得不关闭。美国弱女子毕奇一生致力于的事业，就此画上句号。如今，莎士比亚书店的旧址上，只有一块小木牌，上面写着：“《尤利西斯》在这里出版。”

1951年，另一个美国人，38岁的乔治·惠特曼在巴黎左岸拉丁区又开了一家英文书店“Le Mistral”。1962年，希尔维亚·毕奇将“莎士比亚书店”这块沉甸甸的金字招牌，交给惠特曼使用。惠特曼从毕奇手中接过的，不仅是一个书店名，还有它的精神。

像毕奇一样，惠特曼的第二代莎士比亚书店，从创办之初就十分注重与作家们保持良好的关系，积极参与巴黎的文学活动，并为拥有作家梦的年轻人提供场所，鼓励他们创作。惠特曼将书店二层辟为图书馆，书堆间还有床铺，供“风滚草”（Tumbleweeds，一种无根植物，会随风滚动）一样的作家、艺术家和知识分子，到书店里生活、交流和创作，这个公共项目至今已使来自世界各地的超过3万名“风滚草”们受益，其中不乏“迷惘的一代”代表作家艾伦·金斯堡、格雷戈里·柯尔索、亨利·米勒等等。

坐落在塞纳河左岸的一家普普通通的小书店，成为巴黎的一个文化标杆，一代代的“朝圣者”慕名而至并不是偶然的。它的惊人的力量，不仅仅在于它自身的光芒，而是让每一个在困顿、迷惘之时走进它的人，发现、找到他自己生命的惊人光芒。

谢谢你告诉了我们，纵使再黑暗、困顿，我们每个人至少还有一道生命自身的惊人光芒。

婆媳微博过招

小米是个微博控,每天都要发几十条微博,比日记还详细地记录了自己生活中的点点滴滴,引来粉丝无数。麻烦也来了。

一天吃早饭时,婆婆板着脸对她说,现在有的女人,不晓得照顾好自己的老公和孩子,老是在外面和不三不四的人应酬,还常常半夜不归,真是太不像话了。虽然没有点名道姓,小米还是听出来了,婆婆这是在指桑骂槐呢。昨晚,因为来了一个多年未见的外地同学,一帮老同学聚会,聊得比较晚。其间,小米还用手机发了几条微博,描述了同学聚会的动态和自己的感受。

婆婆是怎么知道的?老公不可能和婆婆讲,晚上回家时,她也是蹑手蹑脚地进了门,连澡都没敢洗,没有吵醒任何人啊。让小米想想都怕的是,一段时间以来,只要自己有一丁点风吹草动,婆婆似乎都了如指掌,并在饭桌上旁敲侧击一番。小米感觉自己总是被一双无形的眼睛盯着,这让她很不自在。

一次,和小姑子闲聊,小米意外地得知,不久前,婆婆也学会了上网,而且,也注册了微博,成了一个老年网虫。惊讶不已的小米,来到办公室，打开电脑，仔细查阅了自己的粉丝名录，发现有一个网名叫秋山听雨的，似乎对她特别关注，而且，总是跟帖点评一番，说的话，与婆婆如出一辙。小米明白了，是自己的微博暴露了自己的行踪。看来，这个秋山听雨，就是婆婆无疑。

结婚以后，小米他们是单住的，后来，公公去世，考虑到婆婆一个人孤独无依，小米将婆婆接来和他们一起住。说实话，婆婆的到来，给了她莫大的帮助，勤快的婆婆几乎将所有的家务活都包揽了。婆媳关系一直也比较融洽，直到最近，婆婆的言行，才突然变得古里古怪，对小米横竖看着不顺眼。小米恍然大悟，是自己在微博上的言行，刺激了婆婆。在微博上，小米说的都是真心话，大实话，甚至对老公的不满，对工作上的不如意，对婆婆生活习惯的不同看法，都会在微博上发泄一通，毫不隐晦。

真相摆在了面前，小米犹豫了。要不要直接与婆婆沟通一下，今后别在微博上窥探自己？自己并没有什么见不得人的事，婆婆知道本无妨，问题是两代人的习惯、观念、态度不同，容易产生误解和矛盾。好友却直摇头，给她出了另外一个主意。小米笑了。

小米发了一条微博，夸奖婆婆昨天做的红烧猪蹄特别好吃，油而不腻，味道很特别。短短二三十字。下午，秋山听雨跟帖了，只有六个字：家有老，是个宝。看到跟帖，小米乐了。晚上回到家，小米惊讶地看见，桌上又摆上了一大盘红烧猪蹄。吃饭时，婆婆一脸期待地看着小米。小米一边啃着猪蹄，一边直夸好吃，婆婆一脸灿烂。

小米的工作弹性比较大，但常常需要夜晚在电脑前加班，因而早上往往起不来，这曾经让婆婆很看不惯，经常早晨七点不到，就拼命地敲卧室的门，催他们起床去上班，即使是双休，也照样一早将他们喊醒。

小米为此在微博上发过几次牢骚，但婆婆的话和网友秋山听雨的话一样，哪有女人睡懒觉的，跟个好吃懒做的母猪一样？这一次，小米又发了一条微博，但没有半句牢骚，只是描述了自己工作的性质，顺带着倒了一点点苦水。效果立竿见影，第二天早晨，婆婆破天荒地没有敲他们的门，小米第一次睡了个自然醒。吃早饭时，小米故意揉着眼睛问婆婆，怎么没喊醒她？婆婆笑着说，今天是星期六，让你们多睡会，年轻人嘛，瞌睡虫多，不像我们老年人。小米的心，暖暖的。

曾经给小米带来很多烦恼的微博，这一次，却给她带来了许多意想不到的惊喜。微博成了小米和婆婆沟通的桥梁。小米有什么要求和想法，尤其是对婆婆的感激之情，都会在微博上委婉地写出来，仿佛是不经意的。而曾经把微博当成窥探器的婆婆，也从这儿获得了很多满足。

星期天，婆婆在电脑上玩下载的麻将游戏。小米走过去，试探性地对婆婆说，妈，你可以上网和别人打麻将嘛，网上还有QQ啊、博客啊、微博啊，都很好玩的。婆婆回头看看她，笑着摇摇头，我不懂的，妈老了，就不掺和你们年轻人的事了吧。

小米走进卧室，打开自己的电脑。上网。她看到秋山听雨在线。小米笑了。

第四辑

你的满足让我疼痛

对不起，我们忽略了你。我的寒风中佝偻着腰的老母亲，我的挂着鼻涕露着脚趾的孩子，你们困顿，窘迫，无助，坚强。你的满足，让我如此疼痛！

二十六只蝴蝶

在欢快的婚礼进行曲中，一对新人互相挽着手臂，向餐厅中央的舞台缓缓走去。新娘是我的同事，我们有节奏地拍着手，给他们送上祝福。

这是一场普通的婚礼，按照既定的程序，往下进行。司仪请双方的父母从席位上站起来，接受新人的叩拜。一对中年夫妇微笑地站了起来，他们是新郎的父母。“请新娘的父母亲也站起来，好吗？”司仪又喊了一声。人们将期待的目光，投向主桌。没有人站起来。司仪尴尬地和新娘耳语着什么。

新娘的脸一下子就红了。犹豫了一下，她从司仪手里拿过话筒，说，我的家乡远在几百公里之外的大山里，我的，我的父、父母因为身体不好，所以，没能来参加我的婚礼……

新娘进我们单位，已经三年多了，从来没有见到过她的家人，也没有听她自己谈起过老家的父母，倒是从其他同事口中，偶尔听到过一点关于她家的事情。她的父亲在她小时候就因病早逝，患有小儿麻痹症的母亲，靠在集镇上摆修鞋摊熬日子，苦苦地将她拉扯大。十八岁那年，她考取了大学，这是她们家，也是全村考取的第一名大学生。就在她上大学后不久，却传来了一个让她无比震惊的消息，妈妈要和隔壁修自行车的老王头结婚了。老王头她是认识的，也是一个残疾人，对妈妈和她都很好，这些年给了她们很多照顾。她并不讨厌他，甚至还有一点点喜欢她，可是，让妈妈改嫁给他，这却是她无论如何也无法接受的。她不明白，妈妈拉扯着她，这么多年都熬过来了，为什么就不能再熬几年，等她大学毕业找到了工作，就将妈妈接到城里，一起过好日子？因此，她激烈地反对。一向温顺的母亲，第一次没有答应她的要求，坚决地和老王头生活到了一起。也就是从那天开始，她和母亲彻底决裂。她再也没有喊过她一声妈妈。每学期放假的时候，她不是留在学校勤工俭学，就是回到爷爷奶奶家去。

大家都明白，新娘的父母之所以没来参加婚礼，多半是因为她根本就没打算让他们来。

这时候，新郎忽然从新娘手中拿过话筒。他注视着新娘，转身对大家说，我的岳父母没能来参加我们的婚礼，但他们送来了一件珍贵的礼物，以及他们的祝福。

新娘惊诧地看着新郎。新郎笑笑，接着说，前几天，我一个人开车去你家了。请你原谅，我一直没有告诉你。新郎接着说，我的岳父母最近身体都不太好，经受不了长途奔波，所以，他们无法来参加我们的婚礼了。不过，在我临走前，他们送给了我一件非常非常珍贵的礼物。

有人托着一个竹篓一样的东西，走上舞台。竹篓外面，裹着一层鲜艳的红布。新郎轻轻地打开竹篓上的小门，忽然，从里面飞出一只彩色蝴蝶，在竹篓边盘旋了一圈，扇动着翅膀，向空中飞去。紧接着，又一只蝴蝶，飞了出来。第三只，第四只……

人群中暴发出阵阵惊呼声，太美了，太漂亮了！姑娘们尖叫着，几个调皮的小孩子跳起来，试图捉住空中的蝴蝶，蝴蝶振动翅膀，向更高的空中飞去。

新郎面对着新娘，说，这是我的岳父，一只只从村后的山坡上捉来的，每一只都有着不同的颜色。在我去之前，岳父就已经准备好了这些蝴蝶，一共26只，每一只代表我妻子的一岁。他们没有想到我会回去，所以，他们原准备在我们结婚这天，在家里放飞的。我告诉大家一个秘密，这是我的岳母告诉我的，我的妻子，她的小名就叫蝴蝶。她是群山里最美丽的一只蝴蝶。

台下响起热烈的掌声，以及玻璃酒杯碰撞的声音。不知道什么时候开始，新娘的脸上挂满泪花。新郎用手绢帮新娘轻轻擦拭。我还有一个请求，新郎说，我们将蜜月旅行取消掉。新娘不解地看着新郎。新郎继续说，去你家度蜜月，大山里的空气特别好，而且，我想和你一起去看看大山里的蝴蝶。新娘含着眼泪，点点头。

再次爆发热烈的掌声。司仪一把夺过话筒，请新人叩拜新郎的父母，还有远方新娘的父母……

有人打开酒店的窗户，蝴蝶一只接一只，向窗外飞去。

孝的n种方式

回乡听到两个故事。

都是关于老人的。村头的张大爷，早年丧妻，一辈子过得艰难，唯一的儿子成家之后，生活亦不富裕。儿子在外打工，因为没有什么文化，干的都是体力活，供养他自己的一双子女上学读书，一家人过日子，已捉襟见肘。但是，每次从城里回来，他必定留一点钱给老父亲，不多，三五百。张大爷觉得儿子孝顺，村里人也夸奖张大爷的儿子，是个大孝子。

村另一头，住着李大伯。李大伯年轻时是个能人，家境殷实，三个子女也都很能干，全部进了城，个个有房有车。三个子女，出手大方，都是按月汇给老父亲生活费，少则七八百，多则一两千，但李大伯并不觉得自己的子女孝顺，在他看来，他们除了给他钱，什么也没留下。李大伯希望子女们能常回来陪陪他，但三个子女都很忙，忙到一年也难得回来看望老父亲一次。

都是给老人钱，一个是孝，另一个却是不孝。道理很简单，张大爷穷，需要钱，儿子虽然自己也生活不易，但不忘从自己捉襟见肘的生活费里，留一点钱给老父亲，这就是孝。李大伯不差钱，他需要陪伴，需要慰藉，钱对他来说，毫无用处。而子女们却以为给了李大伯钱，就是尽到了自己的责任，就是孝了，岂不完全违背了老父亲的意愿？

什么是孝顺？标准有很多，在我看来，其实挺简单：老人需要什么，你给他什么，满足他的需求，就是孝顺。

假若父母贫穷，失去了劳动力，没有了生活来源，买米买菜的钱都没有了，他们缺什么？缺钱。作为子女，无论你生活是否富裕，能及时地提供给他们钱物，让他们衣食无忧，不失尊严，这就是孝顺。

又若父母性格刚强暴烈，一辈子都改不了又硬又臭的脾气，孩子虽然都长大成人了，还是像对待小孩子一样，动辄动怒，生气，发脾气，横挑鼻子竖挑眼，怎么办？理解，就是最大的孝顺。理解父母几十年养成的性格脾气，理解父母年老体衰的无奈，也理解父母唯有在至亲的子女面前还能逞一时之勇。曾经看到一篇文章，说父母生气发怒时，不出声，就是孝。所谓不出声，就是不嘴上顶撞，不恶言相向，不恶语还击。

如果父母身体不好，或生病入院，能床榻前照顾起居，炖汤喂药，洗漱擦身，不嫌麻烦，不惧污秽，就是孝顺。有人父母病了，医药费一交，保姆一请，就以为万事大吉，觉得自己尽职尽责了。殊不知，患病的人，往往最需要的未必是医药，而是亲人的陪伴、守护、照顾和抚慰。钱不能代替你，医生护士不能代替你，保姆亦不能。

人老了，最大的敌人，往往不是日渐虚弱的躯体，而是内心的孤单、寂寞，以及对于疾病和死亡的恐惧。所以，对几乎所有的老人来说，最渴望的，就是子女的陪伴。这就是为什么一首《常回家看看》，能那么红地传唱大江南北。父母可以过最简朴的生活，甚至可以无惧生死，却不能忍受没有亲情的陪伴，尤其对独居的老人，常回家看看，儿孙绕膝，就是孝。

爱唠叨的父母，能常陪坐在他身边，听他絮叨，就是孝顺；行动不便的父母，黄昏时用残疾车推他出去走一走，看看家乡的变化，就是孝顺；一辈子没出过远门的父母，陪他坐一次飞机，乘一次高铁，看一看外面的世界，就是孝顺；心愿未了的父母，帮他实现埋在心底的心愿，就是孝顺……

孝，既简单，也难。简单是因为，父母的需求往往很微小，很容易满足；难是因为，你只有用心，才能明了父母真正需要的到底是什么。很多时候，父母为了不给子女添麻烦而不愿直说，这就需要为人子女的我们，细心揣摩。你只有走进了父母的心房，才有可能尽孝，也才能体察人性的力量。

父亲都是艺术家

作文本收上来了，他在昏暗的灯光下，一本本批改。

这次的作文是写写自己的父亲。他觉得，这些来自农村，跟随打工的父母进城的孩子，事实上对于自己的父母了解并不多，而尤其让他担忧的是，有的孩子对自己农民工身份的父母，有一种自卑和轻视，认为自己的父母与那些城里孩子的父母比起来，身份低微，素质不高。他希望通过这篇作文，让孩子们对自己的父亲，有更多一点了解和理解，从而加深亲子关系。

一篇篇看下来，基本上都是写自己打工的父亲，怎么辛苦，如何劳累，多么卑微。这也难怪，民工子弟学校的孩子，父亲不是工地上的泥水匠，就是车间里的操作工；不是烈日下扫马路的，就是码头上挥汗如雨的搬运工；不是在小区收购垃圾的，就是气喘吁吁的送水工。

又打看一本。作文的标题让他眼前一亮，《我的艺术家爸爸》。艺术家？这怎么可能！在这所条件极其简陋的民工子弟学校，别说没有艺术家的子女，就连一个普通的城里孩子也不曾有过。本能的感觉是，这个孩子是虚荣心作怪，编故事。

好奇地读下去。孩子写道，我的父亲有一个很大很大的工作室，这里堆满了大小、粗细、厚薄不一的木头和木板，空气里弥漫着木头的香味，地上到处都是卷曲的刨花，而刨花下面，是泥土一样细碎的木屑，刨花就是这些木屑土上开出的花朵……

难道孩子的父亲，真的是一个民间雕刻家？忍不住好奇，继续读下去。接下来，孩子笔锋一转：没错，我的爸爸是一个木匠，但在我的眼里，他就是一个艺术家。

看到这里，他忍不住“扑哧”一声笑了，果然只是一个普通的木匠。

再读下去，他的笑容凝固了。孩子写道，爸爸是建筑工地上的一名普通木工，那些大楼里的很多木活，都是爸爸做的，他靠自己勤劳的汗水，养活了我们一家。爸爸虽然只是一个木匠，但他心灵手巧，木头在他的手下，仿佛都有了生命。刚搬到出租屋时，我们家一无所有，很多东西都是爸爸亲手做出来的，比如我做作业的桌子，就是爸爸用工地上废弃的边角料做的，其中的一条腿，竟然是用四截短木棍连接起来的，每个榫眼，都严丝合缝，咬合在一起，整张桌子，甚至都没用一根铁钉。

孩子骄傲地写道，爸爸经常会带一两个小玩具回来，给我和妹妹，那都是他利用中午休息时间用碎木块做出来的。我12岁生日的时候，他给我做了一只木刻小公鸡，那是我的属相，至今还挂在我的床头。有一次房东看见了，爱不释手，以为是从哪个精品店买的，他也属鸡。爸爸就也给他做了一个，还按照他们家每个人的属相，各做了一个木刻，现在都挂在房东家客厅的墙上。爸爸给我做过手枪，做过棋盘，做过文具盒，还帮我们学校修过桌椅呢。

最后，孩子写道，爸爸是建筑工地的木工，我没有看过他在工地上做过的东西，但我想，那些住进大楼里的人，一定像我一样，使用过并喜欢上他做的东西。爸爸小时候穷,没读过几天书,不然的话,他一定会成为一个艺术家。不,在我的眼里,他现在就是一个艺术家,能让每一根木头说话,让每一片刨花唱歌的艺术家。

他的眼睛湿润了。他觉得自己差一点误解了孩子。不知道为什么,他的眼前,突然浮现出自己父亲的影子。在他的眼里,自己的老父亲只是一个老实巴交的农民,一辈子没有离开过土地,一辈子没有离开过穷困的村庄。播种,锄草,捉虫,收获,日复一日,年复一年。他忽然想,在那么贫瘠的土地上,老父亲养育了自己,这是多么厚重的一件事啊。

他想好了,就以孩子的这篇作文做范文,他要念给其他的孩子们听,并大声地告诉他们:你们的父亲,是环卫工,是垃圾王,是泥水匠,但也是艺术家,因为他们创造了生活,养育了我们。而这,是多么了不起的一件事情!

时间去哪儿了

时间对人说，如果你愿意，我可以每天帮你存储一分钟，在你最需要的时候，再还给你。

人说，这个主意很好，但是，我非常非常忙，时间根本就不够用，一丁点多余的时间都没有，恐怕你没办法从中拿走任何一分钟。

时间笑笑，我只从你多余的，或者闲暇的，或者无所事事的时光中，拿走一分钟，再帮你存储起来，绝不会影响你的正常工作和生活。

人点点头。心想，时间本来就是你给我的，正好让你看看，你给我的时间是多么少，多么不够用。

时间发现，人的一天，真的非常忙碌——

早晨起来，甚至来不及吃一口早饭，就得往单位赶。到了单位，就开始打电话，接待客户，上网查阅邮件，看看新闻，忙得像陀螺一样。下午马不停蹄，连开了三个会，读了一沓文件，签了一堆名字；晚上陪领导和客户，喝酒吃饭，饭后又唱了几个小时的歌，还打了几局牌，直到深夜，才疲惫不堪地回家。

时间摇摇头，人确实太忙太累了，似乎真的一点多余的时间都没有。

不过，时间还是神不知鬼不觉地，每天从人的身上，拿走一分钟。

第一天，时间是乘人打一个电话的时候，悄悄拿走了他的一分钟。这个电话已经打了半个多小时，没完没了。类似的电话，人经常打。有时候是因为感情上的事，有时候是和合作伙伴谈判，有时候仅仅是闲扯。时间拿走了其中的一分钟，人毫无知觉。

第二天，时间是从饭局上拿走了人的一分钟。一帮人酒都喝高了，为了其中的两个人要不要再干一杯，一帮人你来我往地拉扯了十几分钟。时间就是这时候下的手，拿走了人的一分钟，人醉意朦胧。

第三天，是双休日，人和几个朋友相约，打了一下午的牌。时间轻而易举地从中拿走了一分钟，谁也没有察觉。

有一天，人为了一件事，生闷气，整整一上午，什么事也没做。时间拿走了其中的一分钟。

还有一天，人坐在电脑前发呆。时间蹑手蹑脚地拿走了一分钟。

日子一天天过去了。时间每天都从人那儿，偷偷拿走一分钟，人一直浑然未觉。

直到有一天，死神找到了人。

生命眼看走到尽头了，人心有不甘。人哀伤地对死神说，请再宽限几天，我还有很多事情没来得及做呢，我没来得及孝敬双亲，我没能好好陪陪妻子和孩子，我虽然天天忙忙碌碌，但自己喜欢的事情却一直没做。请再给我几天，让我尽尽孝心，陪陪孩子，做做我自己的事。

死神坚决地摇摇头，你已经没有时间了。

人忽然想起来，若干年前，时间曾经答应，每天为自己存储一分钟。但他不能确定，这个约定有没有效。因为，他从未觉察哪一天，少过一分钟。

时间站了出来。时间说，从四十年前，你身强力壮的时候开始，我确实每天帮你存储了一分钟，直到今天，40年总共正好是10天。

人一听，激动不已。人对时间说，谢谢你在不知不觉中，帮我存下来这10天，我一定要好好珍惜这最后的时光。

时间摇摇头，可惜这10天，你也已经使用完了。

人绝望了。死神准备带走人。人哀号，求求你，今天你不是还拿走了我一分钟吗？请还给我！

时间说，没错，我刚才就是利用这一分钟，告诉你这一切的。

人一声大叫，从床上惊醒，一身冷汗。

我回来了

3岁。你和小伙伴们在外面玩够了，一回到家，就嚷嚷开了，妈妈，我回来了，我渴了！妈妈赶紧给你端来一杯温开水。你咕嘟咕嘟地喝着，妈妈轻轻帮你把身上的灰尘拍掉，细心地将粘在衣服上的草叶捡掉，完了，在你脸颊上，狠狠亲了一口。

8岁。放学了，你背着沉重的书包回到家。打开门，你迫不及待地对妈妈喊道，妈妈，我回来了，我饿了！妈妈帮你卸下书包，匆忙回到厨房，给你煎两个荷包蛋，或者下一碗热腾腾的面条。你吃饱了，到房间做作业去了。妈妈欣慰地帮你带上了房门。

14岁。回到家，你一脚踢飞了脚上的鞋子。妈妈在厨房问，谁回来了？你闷声闷气地嘟囔了一句，妈，我回来了。妈妈问你，渴了吧？饿了吧？你没好气地答，不渴，不饿，烦死了！你可能在学校挨了老师的批，也许是考试没考好，又或者和哪个同学闹了点小矛盾，总之，心情不好，懒得说话。你回到自己的房间，"嘭"的一声，重重地将门关上了。妈妈从厨房走到你的门口，犹豫了半天，终于没有敲开你的门，只是摇摇头，叹了一口气。

20岁。放假，你从外地的大学回到了家。你兴奋地打开了家门，大声喊道：“妈，是我，我回来了！”妈妈和爸爸都赶紧从房间走出来，妈妈接过你手上拎的袋子，爸爸连忙帮你拎起行李箱。他们本来是要去车站接你的，你不想劳烦他们，最主要的是，你想给他们一个惊喜，所以，你并没有告诉他们哪一天回家。现在，你终于回来了，你看到了妈妈和爸爸都一脸惊喜，这让你很开心。

28岁。一个假日，你回了趟家。你站在门外，停顿了一会儿，才大声喊：妈，我回来了。已经放假两三天了你才回家，不是你不想回家，是你害怕妈妈的眼神，她总是往你身后瞅，希望哪一天能在你身后，突然冒出一个田螺姑娘什么的。妈怯怯地问，又一个人回来的啊？你无奈而羞愧地点点头。妈虽然有点失望，还是高兴地说，回来就好，回来就好，你爸爸这几天一直唠叨你呢。

33岁。下班回到家。你用钥匙打开家门，习惯性地喊：妈——你突然停住了，自嘲地笑笑，继而快乐地大喊了一声：老婆，我回来了！

37岁。很晚，你回到了家。疲惫地喊了一声，老婆，我回来了。这一天，可把我累坏了！

42岁。你终于抽空回了趟老家，你太忙了，已经很久没有回老家了。你站在院子外，大声喊，妈，爸，我回来了！一个佝偻的背影出现在门口，紧接着听到一个苍老的声音：死老头子，还不快来看看，是谁回来了？！

52岁。你又一次回到了老家。站在老宅前，你不禁潸然泪下，哽咽地喊了一声：妈，爸，我回、回来了。没有回声，只有风呜呜地吹着。

56岁。你回到了家，一屁股坐在沙发上，对厨房里嘀咕了一声：老太婆，我回来了。厨房里传来熟悉的回音：饭马上就做好了。

65 岁。你生了一场大病，住了好多天的医院，这天，儿子接你出院，回家。你跨进家门，虚弱但激动地喊了一声，老太婆，我胡汉三又回来喽！

80 岁。和一帮老汉在墙根下晒了一下午的太阳，你拄着拐杖，哆哆嗦嗦地掏出钥匙，打开了家门，你习惯性地喊：老太婆，我——你突然顿住了。你慢慢走到卧室，用手擦了擦墙上挂着的老太婆的遗像，轻声说，老太婆，我回来了。

82 岁。你在阳台上站了一小会儿，然后，吃力地挪回到房间，对着墙上的相片，一字一顿地说，老、太、婆，我、回、来、了。

你躺下，嘟囔了一句，妈，我回来了。你睡着了。

人生莫过3万元

人的一生有多长？以80岁计，只有29200天，不到3万天。

3万天又是什么概念呢？

我的邻居，每天准时提篮买菜的张婶说，打个比方，假如一天折算成一元钱的话，3万天也就是3万元。你再想想，3万元能干什么？

张婶说，一把青菜要3元钱，一扎蒜苗要10元钱，一斤猪肉要14元，半斤白虾要30元，就这么半篮子菜，57元花掉了。也就是3万元的500分之一没了。3万元，你别看那么厚厚三沓，其实真的一点也不经花，不知不觉就用光了，花没了。

我一直觉得“万”是个很大的数字，成千上万，极言其多矣。一个人，一生能活差不多3万天，我感觉还是挺漫长的，一点也不用慌张。为什么张婶把“天”折合成“元”来计算，忽然就觉得少得可怜，一点也不耐用了呢？

我看出了端倪。张婶的3万元，是整把整把来花的，比如最便宜的青菜，都一下子花了3元钱，而我们的人生不是这么过的，我们是一天一天过的。3万天，或者3万元，如果一天花一元的话，还是很长很长的。

张婶乐了,你真以为我们的日子是一天一天掰着手指头,而不是一大把一大把过的?你每天朝九晚五,从周一忙到周五,看起来是一天一天熬过来的,但这5天你熬得有什么区别?5元是什么,也就是不到2把青菜。你正在玩的游戏,已过了几十关?每关花费2元的话,上百元就没了。一睁眼,你已经40出头了吧?3万元,你已经花光一半多,所剩不多了。

我听得冷汗直冒。人生莫过3万元,真的很不经花,我们其实一点也不富裕。张婶的话糙理不糙。

当然,我更喜欢楼下李大伯的比喻。他说,人生这3万天吧,也就是说,你有3万个早晨,3万次日出,每天都是不一样的。你想想,一生能看这么多次太阳升起,还有什么不满足的。

张婶反驳说,如果下雨呢,如果雾霾呢?

李大伯说,我们的一生,不可能只是晴天,只有快乐,有时候会下雨,有时候还有雾霾,但更多的早晨,太阳是冉冉升起的。你只有早起,眺望天边,你才能看到蓬勃日出,开启人生的又一天。

我已经很久没有看见日出了。明天,明天我将早起,我要看到我的太阳,从东方冉冉升起。那将是我人生中,灿烂的一天。

一只拟人化的狗

真没有想到,父母竟然养了一只狗,而且已经养了快一年了。

母亲特别怕狗。记得以前在小区散步,远远地看见一只狗,哪怕是再小的一只狗,母亲都会闪到一边。父亲倒是不害怕,但他小时候在农村被一只恶狗咬伤过,自此对狗没了好感。

他们怎么可能会养起狗来了呢?

家门打开了,一只狗先伸出了脑袋。虽然母亲电话里已经告诉了我,我也做好了心理准备,但还是吓了一大跳,因为站在我面前的,是一只伸着长舌头,哼哧哼哧喘着粗气的大狼狗!母亲安慰我,别害怕,“花花”不像个卫士,倒更像我们家的礼仪小姐。

“花花”是它的名字。果然,花花只是围着我嗅了嗅,就开始摇头摆尾了,仿佛很熟稔的样子。母亲说,它经常去你的房间,熟悉你的气味呢。

吃过晚饭,陪父母在客厅坐下来闲聊。花花安静地卧在母亲脚边,不时用舌头舔舔母亲的脚背。

母亲说,花花很通人性呢。

过节的时候，你爸爸单位发了一箱子杧果。搬回来后，就放在门厅。每天，我和你爸各削一个杧果吃，杧果很甜，味道很好。但是，有天晚上，我准备削杧果时，你爸爸却说，他不要吃了，因为他白天刚在报纸上看到说，胃不好的人，不宜吃杧果。你爸还皱着眉头说，难怪这几天胃不太舒服，原来都是杧果吃出来的。

我就自己削了一个杧果。数了数，还剩下最后六个杧果。

你绝对不会想到，第二天早晨，我们起床后，惊讶地发现，剩下来的六个杧果，全被花花叼到了狗窝旁，一个一个全都咬烂了。花花不吃水果的，很显然，它是故意的。这么好的杧果啊，太可惜了。我很生气。可你爸爸却笑了，夸奖说花花真懂事，知道他不能吃杧果，所以才将杧果都咬烂的，要不然，怎么放在门厅一个多星期了，它都没咬，单单我们昨晚一说，它就将杧果全咬烂了呢？

母亲说，平常我对花花最好了，但它就是跟你爸亲，女儿都亲爸呢。花花是只母狗。看来，他们是把花花当女儿养了。

坐在一边的父亲插话说，我看花花还是跟你妈亲。说着，顺手拿起茶几上的电视遥控器说，这是我们家第五个遥控器了，原来的遥控器，被花花啃坏了。买回来一个新的，没到一个星期，又被它啃坏了。前后已经被它啃坏了四个遥控器。

母亲接话说，那你知道花花为什么要咬遥控器吗？转身对我说，我有时不在家，让你爸管管花花，带它出去遛遛，可是，你爸却常常只顾自己看电视，完全把花花给忘掉了，花花只能可怜巴巴地趴在电视机前，你爸却盯着电视，看都不看它一眼。它一定是恨透了电视，所以，才把遥控器给啃坏的。

说着，母亲指指茶几，上面放了这么多东西，为什么它别的都不啃，却只啃遥控器呢？道理很简单，它恨它呗。

父亲摇着头说，其实花花就是个破坏分子，养它快一年了，咬坏了十几双鞋，啃坏了四个遥控器，还咬烂了我们六七副眼镜，有一次，甚至把我刚买回来的整条香烟都给撕烂了……

母亲说，花花喜欢撕咬你的香烟，那是它知道香烟有毒，是心疼你呢，我支持它。

就这样，父母亲你一言，我一语，讲的全都是花花的故事。花花真是恶行累累，比我小时候破坏性大多了，奇怪的是，他们说起这些时的语气，竟然没有丝毫的责备，反而充满了怜爱。好像他们谈论的，不是一条狗，而是他们的掌上明珠似的。

夜渐渐深了。

父母进了房间，关上门，花花温顺地趴在房间的门口。我也走进自己的房间，准备睡觉。被子很暖和，带着阳光的味道，一定是白天刚晒过。突然意识到，我已经一年多没有回过家，没有睡过这张床了。

床上留着我的气息，餐桌边有我的气息，家里的每一个角落都有我的气息，花花一定都嗅到了，它一定很奇怪，怎么一直只闻到气息，却没有见到我的身影呢？

我早该回来的，爸爸妈妈。

孩子，我在等你犯错

我问儿子，今天偷看电视了吗？

暑假，白天都是儿子一个人在家，为了控制他看电视的时间，我们规定，不许白天看电视。儿子故作轻松地回答说，没有呀。

我盯着他，又严肃地问他：真的没看吗？你要诚实地回答我。

儿子低下了头，我错了，我看了一下午电视。

因为未经允许看电视，还撒谎，儿子理所当然地受到了惩罚。

接受完惩罚，儿子怯怯地问我，爸爸，你是怎么知道我偷看电视的？怎么每次我一犯错误，你就能抓住我，好像总是跟在我身边似的。

其实，下班一回到家，我就悄悄摸了下电视机，机身是热的。这个秘密，我当然不能告诉你。但是，孩子，有一点你说对了，每次你犯错误的时候，我都会恰到好处地出现在你身边，就像猎人总是及时出现在猎物面前一样。没错，你所犯下的每一个错误，都是我的猎物。

你已经是个翩翩少年了。你知道吗，这十几年，你一直不断地犯着错误。

刚刚学会爬的时候，你对什么对都充满了好奇，忍不住摸摸，玩玩。

可是，这个世界并不是所有的东西都是你的玩具，有的会伤害你。你太小了，不能理解大人的话。唯一教会你认识危险的办法，就是让你犯个错，并因为这个错误而承受后果。我们一再告诉你，爸爸喝的热水杯是不能碰的，但你老是想拧开爸爸的杯子，有一天，我故意将杯子放在你能够够着的地方，你兴奋地用手去摸那只充满了诱惑的杯子，结果，你的粉嫩的小手被杯子很不客气地烫了一下。你痛得哇哇大哭。我一边抚慰你，一边告诉你，杯子里装着热水，会烫人的，不能随便碰。这个世界，有很多杯子一样的东西，我们需要它，但是，弄不好它也会伤害我们。我不知道我说的话你有没有明白，但此后很长时间，你都不再乱碰杯子，直到你学会先用手背去试探一下温度。

在你成长的过程中，几乎总是伴随着错误。学走路的时候，你看起来多么兴奋啊，在大人的帮扶下，你一刻都不肯停下脚步。当你跌跌撞撞地自己迈出人生第一步的时候，我和你妈妈的眼里都充满了激动的泪水。很快，你不满足于在家里的地板上走路了，你要到外面去走。我牵着你的手，和你一起来到了室外。灿烂的阳光，似乎专为了欢迎你。我悄悄松开了你的手。没走几步，你就被地上一块凸起的小砖头给绊倒了。你哭了。我将你扶起来，指着那块小砖头，告诉你，走路时要避开它。你似懂非懂地点点头。孩子，其实，那块砖头我早看到了，我知道你不会注意到它，你刚学会走路，只会看天，不知道看路；我也料到你一定会被它绊倒，因为你还不会绕过它。即使不是这块砖头，也总有其他砖头，将你一次次绊倒，这一点也不奇怪。你被绊倒了，摔痛了，你就会从此记住，路上的石头是会绊脚的。明白这一点非常重要，一生当中，我们会遇到多少这样的石头啊。这一跤，你一定得摔，而且，天知道我们要摔多少跤，才会真正长大。

你终于可以自己满世界地跑了，再也不需要大人跟在你的身后了。孩子，你不知道，父母的视线，其实一刻都没有离开过你。还记得吗，有一年冬天，小区里的水池里刚结了冰，你就尝试着想从冰上走。那么薄的冰，哪能承担得了你的体重呢？你的脚刚刚迈上去，冰就"咔嚓"一声碎裂了，你一脚踩进了刺骨的冰水里，吓得尖叫起来。我冲过去，一把将你拽了上来，抱回家中。事后，我记得你问过我，咋就那么神，你刚掉进水池里，我就像救星一样出现在了你的面前。孩子，你并不知道，看到你一脸好奇地走近水池边，我就一直在暗自注视着你，我知道你会不知深浅地在冰上走，而只要你踩在冰上，就一定会掉进水池里。我当然可以制止你，让你不要犯这个错误，但我没有。我不想阻止你的探险，人一定得有一点好奇心，要有一点探险精神。同时，说实话，我想看着你犯错，错误会让你吃苦头，长记性的。

孩子，你说得对，每次你犯错的时候，我都会及时发现，并出现在你的面前。因为我知道你会犯错误，而有的时候，我甚至有点迫不及待地等待着你犯错误。

有一天，你和几个小朋友在楼下玩，站在窗前，我看得十分清楚。看到你和小朋友们玩得这么融洽，我很开心。可是，突然，你和其中一个比你小的小朋友发生了矛盾，好像是为了一个玩具，最后，你竟然从他手上强行将玩具抢了过来。看到这一幕时，我简直不敢相信自己的眼睛，那是你吗？我的孩子，为了一个小玩具，你竟然学会了无耻地抢夺。我迅速冲下楼，严厉呵斥了你的行为，让你将玩具还给人家，并向他道歉。回家之后，你被罚跪在搓衣板上，面壁思过一个小时。你心甘情愿地接受了惩罚，因为你知道你错了。

我的孩子，我知道迟早有一天，你会犯这个错误，这一天，终于来了。虽然你从小就非常善良，通情达理，可是，面对比你弱小的人，面对诱惑，总有一天，说不定你也会恃强凌弱，甚至巧取豪夺。今天，你终于犯下了这个错误，所幸的是，我及时发现，并制止了你的错误。我惩罚你，就是要你记住，欺凌别人、掠夺财物，是严重的错误行为，永远也不要再犯这样的错误。

人这一辈子，必然会犯各种各样的错误，犯错误并不可怕，可怕的是犯了错却不自知，可怕的是一犯再犯，可怕的是明知故犯。你成长的过程，其实就是一部不断犯错、不断认错、不断纠错的过程。我在等你犯错，就是要抓住一切机会告诉你，那样做是错误的，那是你绝不能再犯的错误。

孩子，我无力为你指出人生中的每一个错误，但我希望，在你年少时，多犯几个错误，我们共同来面对它，纠正它，克服它，这样，当你长大成人，独立面对社会时，就会少犯几个错误，少跌几个跟头啊。

·从问题的制造者，到问题的解决者

儿子垂头丧气地打电话给他，钥匙包丢了。仅仅是钥匙丢了，倒也罢了，麻烦是，他的钥匙包里，还有学生证、身份证、一张银行卡和一张快餐店的储值卡。

“你怎么这么不小心？这么重要的东西，怎么不保存好，弄丢了呢？”照他以往的脾气，儿子每次犯错，他都是先劈头盖脸一顿骂。但这一次，这些话，他强忍住没骂。他顿了顿，调匀自己的呼吸和心态，问儿子，在哪儿弄丢的？

儿子嗫嚅地说：“刚才打的回家，估计是下车时忘在出租车上了。”

他叹了口气，十三四岁的孩子了，还老是丢三落四，经常不是忘了这个，就是丢了那个，制造了一次又一次的麻烦。“你记得车牌号吗？”

儿子说：“没注意。”

“那你有没有要发票？”如果有发票，也可以很快找到那辆出租车。

“也没要。”儿子快要哭了，爸，我钥匙包里，还有那么多重要的东西，如果找不到，我可怎么办啊？

他想了想，告诉儿子，钥匙包已经丢了，哭不是办法，要想办法解决。

儿子怯怯地问,那我该怎么办呢?你赶紧帮帮我吧。

以前,儿子遇到问题和麻烦,都是向他求援,虽然免不了挨他一通骂,但骂完之后,他也总是会想尽一切办法帮儿子摆平麻烦,解决问题。也许,这也正是儿子的问题和麻烦层出不穷的原因之一吧。他想,不能再这样下去了,要让他学会自己解决遇到的问题。

他对儿子说,你应该马上做两件事,一件是想办法找到那辆出租车,另一件是将银行卡挂失。

儿子带着哭腔说:“我上哪儿找那辆出租车啊?我也不知道怎么挂失银行卡。爸,还是你帮帮我吧,求求你了。”

“不!”他斩钉截铁地对儿子说,“你必须自己去办,但我可以教你怎么去做。”

他告诉儿子,每辆出租车都安装了GPS定位系统,你去出租车公司,告诉他们你的钥匙包丢在出租车上了,告诉他们你什么时间从哪儿上车,又什么时间到哪儿下车的,他们就可以通过GPS定位,帮你找到那辆出租车。如果司机发现了你丢下的钥匙包,或者后面的乘客捡到了并交给了司机,你就可以找回它了。当然,也有可能是被后面的乘客捡到了,又没有交给司机,所以,你接着还应该立即做第二件事,打电话给银行,先把银行卡挂失了。如果最终找不到钥匙包,你还要到派出所去补办身份证,向学校申请补办学生卡。

“这么麻烦啊!”儿子哭丧着脸说。

“是很麻烦,你以为你每次捅的娄子,我帮你解决时,不都是这么繁琐、麻烦、累人吗?”他对儿子说,“遇到问题不可怕,可怕的是,不知道怎么解决,更可怕的是,永远不是自己去解决,而是让别人来替你擦屁股,解决问题。”

他又详细地告诉儿子,怎么去出租车公司申请,怎么打电话给银行挂失银行卡。然后,又鼓励他,你一定能够办好的。

儿子答应,按照他教的办法去试试看。

放下电话,他喝了一大口水,长长地叹了口气。跟儿子讲了这么多,费了这么多时间,如果是他自己去办的话,恐怕都已经办好了。但是,他想,这至少是一个开端,让儿子尝试着自己去解决自己的问题。

他惴惴不安地等待着,不知道儿子又会遇到什么麻烦。

一个小时后,儿子又打来了电话,告诉他,他已经找到了出租车公司,说明了情况,公司的人已答应帮他通过GPS定位系统找那辆出租车。同时,儿子又告诉他,他已经给银行打过电话了,口头挂失了银行卡。

他表扬了儿子。

又过了半个多小时,儿子再次打来电话,欣喜地告诉他,出租车公司已经找到了那辆出租车,并且已经联系上了司机,幸运的是,他的钥匙包完好无损,是后面的乘客捡到了他落在后排座位上的钥匙包,然后交给了司机的。儿子激动地说:"我已经和司机师傅约好了见面地点,我马上赶过去,很快就能拿到我的钥匙包了。"

"好样的!"他叮嘱儿子,见到司机师傅,一定要记得感谢人家。

儿子的钥匙包,失而复得了,他非常开心。更开心的是,这一次,儿子是在他的教导之下,完全通过自己的努力,解决了遭遇的问题。这比什么都重要。

他觉得,儿子在慢慢地长大。这让他欣慰。他意识到,孩子难免会遇到这样那样的问题,总是不断地捅娄子、惹麻烦、制造问题,而让孩子学会自己去解决这些麻烦和问题,从问题的制造者,到问题的解决者,这,就是成长。

野树的秘密

深山里，长着三株野树，樱桃树、山核桃树和假花生树。

春天来了，樱桃树结满了鲜艳的果实，树枝都被压弯了。红艳艳的果实吸引了穿梭在密林中的小鸟，它们从四面八方飞来，享受着樱桃的盛宴。很快，樱桃树上的红樱桃就被鸟们啄食一空。假花生树看着樱桃树，叹了口气，你辛辛苦苦结的果实，都被鸟吃光了，自己什么也没留下，多可惜啊。樱桃树笑笑，能让这些可爱的小鸟填饱肚皮，在春天里飞翔，这是多么开心的一件事啊。

盛夏刚过，山核桃树就迫不及待地开花结果了，它的果实毛茸茸的，一点也不好看，还裹着一层厚厚的外壳。小鸟们飞来了，啄不动，又飞走了。一个迷路的山民，路过山核桃树下，又饿又累的他，看见山核桃树上挂满的果实，忍不住摘下一颗，敲开，尝尝，虽然有点苦涩，但味道还不错，他想，如果摘回去，炒熟了吃，味道一定更好。于是，他解下行囊，摘了满满一袋子，背回了家中。假花生树又叹了口气，山核桃树啊，你的果实那么难看，还是免不了被人类采摘，看来你的命运和樱桃树一样，注定一无所获。憨厚的山核桃树不以为然，它觉着自己的果实能为人类填饱肚皮,有什么不好呢?

秋天的时候,假花生树也结满了一树的果实。假花生树盘算着,我可不能重蹈樱桃树和山核桃树的悲剧,让自己的果实被贪婪的动物和人类吞食了,而自己一无所有。得想个招,免遭采摘。思来想去,假花生树终于想出了致命的一招:让自己的果实有毒,这样就谁也不敢采摘它了。假花生树努力将自己体内的毒素全部凝聚到果实上。四处觅食的猴子,爬上假花生树,剥开了一棵假花生树的果实,一尝,又苦又涩又麻,吓得它赶紧扔掉了。人类看见连猴子都不能吃,知道它有毒,也不敢采摘了。假花生树得意地笑了,动物和人类都被它吓跑了,它捍卫了自己的果实。看着只有自己硕果累累,假花生树乐弯了腰。

第二年初春,当冰雪融化,漫山遍野都冒出了新的嫩芽,全是樱桃树的小树苗,原来,小鸟们吃了樱桃后,樱桃的种子随着小鸟的粪便散播到大山的每一个角落,春天一来,这些种子全都发芽了。而在山民的村庄周围,山核桃的种子也开始抽芽了,人们在尝到了山核桃的美味后,发现它像圣果一样甘醇,于是,决定将山核桃的种子埋进土里,进行大规模的人工栽培。只有假花生树的果实最后都落在了自己身边的地上,因为缺少阳光和土壤,几乎没有一颗种子发芽。假花生树,孤独地看着自己的影子,和影子笼罩下的已经腐烂的种子,唉声叹气。

如果你的果实不能与他人分享,那么它很可能成为累赘,最后只能眼睁睁看着它们腐烂掉;而如果你的果实能为别人带来福音,成为大家共有的财富,那么,你的种子就会走到任何一个角落,遍地生根,成为这块土地上灿烂的风景。

这是野树的秘密,也是人生的智慧。

你的满足让我疼痛

多年来，她靠拾荒供养自己年已九旬的老母亲。住在破旧的、昏暗的、漏雨的小屋，吃着自己捡来的和别人送的食物，穿着从垃圾桶里捡的别人丢弃的旧衣服……72 岁的她一点也不觉着自己有多苦，面对闻讯而来的记者，她佝偻着腰，牙齿几乎掉光的嘴巴，笑起来很瘪，很甜。很满足的样子。

是什么让她满足？换句话说，已经困顿至此，还有什么值得她满足的？

她说，自己 3 岁时，父亲就去世了，本就贫困的家庭如雪上加霜，是老母亲四处讨饭，才艰难地将自己和弟弟拉扯大的。她说，过去，娘要饭养活了我，如今我怎能不养活母亲？靠拾荒，捡破烂，她养活了年逾花甲的自己，还养活了自己年迈的母亲。靠自己养活老娘，她感到很满足。

她住的棚屋，是在一条狭窄的胡同尽头，自己搭起来的，虽然又破又旧，钻风漏雨，但毕竟是自己和老母亲的一个窝。前不久，这一带要拆迁，她担心今后连住的窝都没有了。好在人家听说了她的情况后，同意暂时不拆了，她们还可以继续住在这里。她连声感激。好歹还有一个立锥之地，她感到很满足。

每天，她都会帮老母亲烧一壶热水，泡泡脚，帮老人家捏捏麻木的脚板。煤球买不起，烧的是从附近的烧烤店讨来的碎煤屑。顺便还能取取暖。看着老母亲眯着眼睛很舒坦的样子，她感到很满足。

冬天来了，天气越来越冷了。每天晚上，她都会在老母亲之前上床，为的是先把被窝焐热。早上，她也会赖赖床，迟一点爬起来。她是怕自己起床早了，冷风钻进了被窝，冻着了老母亲。外面北风呼啸，而自己可以赖在床上多陪一会儿老母亲，她感到很满足。

她的日常用品，基本上都是拾荒时捡的，看着还能用的，她就留了下来。她很少有钱买东西。没钱买新东西，但她有办法对付。白天，她要出去拾荒，只留下老母亲一个人守在窝棚里，怕老母亲受凉，而她又买不起热水袋，于是，她就自己发明了一种实用的热水袋。她用饮料瓶灌满热水，塞在老母亲的被窝里，这样，既可以暖脚，如果老母亲渴了，还可以从被窝里掏出饮料瓶喝点热水。为了自己的这个小发明，她感到很满足。

在她的破旧的窝棚里，除了她和耳朵很背的老母亲，还有一个生命，一条她捡来的流浪狗。一次，她外出拾荒，在垃圾堆里看到了一只流浪狗，小狗的一只眼睛是瞎的。她觉得小狗很可怜，就把自己捡来的骨头扔给了它。就这样，流浪的残疾小狗跟着她，回到了窝棚。小狗每天跟在她的后面，她累了，它就在她的腿边蹭来蹭去，像个孩子。小狗很懂事，从来不挑食，只啃她捡回来的骨头。忠诚的小狗，给了她和老母亲无限的安慰，她感到很满足。

贫穷，疾病，孤寂，这就是她和老母亲艰难生活的全部。除了老母亲，她几乎一无所有，然而，她竟然很满足。她真的觉得很满足。老人的满足，让我疼痛。

我有个朋友，不久前去一个边远村落办事，村里的孩子好奇地围着他们。因为没有准备，他们没有带什么礼物，最后，几个人翻箱倒柜，只找出了几块饼干、方便面，还有一个人参加婚宴随手扔进包里的几袋喜糖，他们很难为情地将这些东西分给了孩子们。他们没有想到，孩子们分吃喜糖的时候，脸上流露出非常惊喜和满足的神情。孩子们说，他们很少能吃到糖，那种很少体味到的甜蜜感，让他们异常满足。朋友说，那一刻，孩子们的满足，让他的心无比疼痛。

对不起，我们忽略了你。我的寒风中佝偻着腰的老母亲，我的挂着鼻涕露着脚趾的孩子，你们困顿、窘迫、无助、坚强。你的满足，让我如此疼痛！

还　情

一对老夫妻报警:他们收到了一个神秘的包裹,包裹里是整整一万元。

钱是假的？警察帮他们一张张检验,一百张,张张都是真的。

这是一个陷阱？包裹里夹着一张纸条，写着这样一段话：本公司2010年抽出10位幸运人士,你被幸运抽中,这一万元是公司送你的幸运钱,我们将送到你手上,望你别担心有诈,请放心。警察分析,一般的诈骗案中,骗子都是找各种理由让当事人汇出钱,哪有骗子直接先送你一万元的？不像是骗局,也看不出有什么陷阱啊。警察查来查去,一头雾水。

有人劝他们,既是真钱,又确实是寄给你们的,你们就收下,改善改善生活呗。可不弄清楚钱的来路,老两口哪敢随便要这个钱,为了这个来路不明的包裹,老两口愁得茶饭不思,成了一块心病,老太太更是急得病倒了。

事情到了这一步,投递包裹的人终于现身了。她是老两口的一个忘年交,两家常有走动,包裹正是她寄的。问她为什么要以这样的方式给老两口寄钱，她说是为了还情。

孩子小的时候，就在附近的小学读书。那时候，孩子每天下午3点多钟就放学，而她和丈夫都要快六点才下班，这中间的3个小时，成了空白地带，孩子没人管。学校边上有个自行车棚，她就让孩子每天在车棚里等她。而老两口，那时候就在车棚边经营着一家小店。有一次，在车棚里等妈妈的孩子，咳嗽得很厉害，老太太闻声心疼地将孩子喊进了自己的店里，给孩子倒了杯热开水。天黑了，当她心急如焚地赶到车棚接孩子时，惊喜地看见，孩子正坐在老两口的店里，安静地做着作业呢。

问清了孩子的情况，老两口对她说，今后，孩子放学了，就让孩子坐在他们的小店里，等她吧。

就这样，孩子从小学一年级开始，就坐在老两口的小店里，一直坐到了小学毕业，一坐，就是六年。老两口特地给孩子弄了张小桌椅，方便孩子一边等妈妈，一边做作业。有时候，她来接迟了，孩子已经跟老两口一起吃过了晚饭。孩子亲切地喊老两口外公外婆。

对老两口，她一直心存感激。她以各种各样的方式，表达对老两口的谢意。

中秋节到了，她买了一盒月饼，带着孩子去看望老两口。老两口喜滋滋地收下了。可是，临走的时候，老两口硬是送还她们两盒月饼。她自然坚决不肯收，老两口脸都变了：要是不肯收，下次再也别来了。她只好收下。

快过年了，她托人从乡下买了一条家养的猪后腿，准备作为年货送给老两口。老两口一见礼物，乐得合不拢嘴，好多年没吃过正宗的乡下家养猪肉了。可是，临走的时候，老两口硬是送还她两条金华火腿，老两口说，火腿太硬，我们吃不动了，你们帮帮忙。她无奈地收下。

重阳节到了,她给老两口一人定做了一件唐装,老两口开心得不得了,这一次,老两口没回送她们礼物。可是,第二年儿童节,老两口给孩子买了一只新书包,还有一套漂亮的衣服。

她发现,每次送给老两口的礼物,老两口一定加倍送还他们。她觉得自己欠老两口的,越来越多。于是,她想出了这个主意,偷偷地给老两口寄点钱。

事情真相大白,老两口心里的一块石头,总算落了地。老两口将钱还给了她,对她说,经常带着孩子来看看我们,比什么礼物都好。

她点点头,豁然明白,有些情,是不需要还的;有些情,是一辈子也还不完的。

一只狗的生活半径

一楼的院子里，忽然养了一只小狗。

小狗是拴着的。绳子的一头，估计是固定在了阳台某处，另一头，系在它的脖子上。它往东跑，快到院子的栅栏时，脖子被勒住了。它又掉头往西跑，还没到栅栏，又被勒住了。它犹豫了一下，往南跑，这一回很幸运，跑到了栅栏边，才被勒住。它这样来来回回跑了好几趟，发现最多都只能跑到栅栏边，而无法从栅栏的缝隙钻出去，它便不再跑了，趴在地上喘气。

它开始在院子里溜达。这里嗅嗅，那里闻闻，不时抬起一条后腿，撒几滴尿，做个记号。一只蝴蝶飞进院子里，落在一棵草上。它好奇地走过去，蝴蝶看见了它，振翅飞起，它前爪腾空，扑了过去。蝴蝶盘旋而去。它紧追不舍。可是，它的脖子突然被紧紧地勒住了，绳子将它狠狠地拽了回来。它毫无防备地打了一个趔趄。它从地上爬起来，扭头看了看已经飞到了栅栏外的蝴蝶，狠狠又无奈地吠叫了一两声。蝴蝶并不害怕，绕着院子的栅栏，挑逗似的，飞进飞出。小狗上蹿下跳，却一点也奈何不了空中的蝴蝶，想必它终于明白了自己的无用功，干脆匍匐了下来,只是偶尔瞥一眼蝴蝶。

我好奇地站在二楼的阳台上,看着这一幕。它不知道我在俯视它,那只蝴蝶也不知道。但我看出,那只蝴蝶,也许是另一只蝴蝶,不久之后,就成了它的朋友。因为蝴蝶再飞进院子里的时候,它不再扑它,也不冲它吠叫了。也许它寂寞难耐,需要一只蝴蝶什么的,飞进院子里来。

当然,除了蝴蝶,肯定还有别的。有人从院子外经过,它会警惕地竖起耳朵,吠叫两声。倘若这个人也是带着一只小狗的,它就会激动地蹿到栅栏边,像看到亲人似的,拼命摇着尾巴,以引起另一只小狗的注意。另一只小狗显然也闻到了它的气息,穿过草丛,来到了栅栏边。两只小狗隔着栅栏,你看着我,我看着你,它们能这样对视一两分钟。它努力想靠近栅栏一点,希望和那只幸运地出来溜达的小狗打个招呼,亲昵一下,可是,拴在它脖子上的绳子,紧绷绷地拽着它,使它的努力白费。也许是另一只狗发现了它脖子上的绳子,知道它无法挣脱出来,也许是它的主人在唤它了,它走了,留下院子里的它,眼巴巴地看着它的背影。

偶尔,我看见它的身边,会多出一根骨头,那一定是主人丢给它的。它能抱着这根骨头,啃一个下午。不知道是它的牙还不够厉害,还是因为舍不得,那根骨头总也啃不完,我都替它着急,在这个漫长得仿佛没有边际的星期天的下午。

更多的时候,它就安静地卧在院子中央,拴它的绳子,软绵绵地耷拉在它的身边,这是它和绳子都松弛的一刻。这样的时刻,懒洋洋的,挺温馨的样子。我猜想绳子一定也厌倦了被它拖来拽去,它们已经共同在院子里画出了一个半圆形的印迹,那是它的生活半径,也是绳子的生活半径。

有时候，它不在院子里。它也许是盘在墙根打盹，也许是被它的主人牵出去溜达了。我看不见的这一刻，也是它一天中最开心的时刻吧。就像我每年都会抽空出去旅游一趟一样开心。

我挺同情它的，这只可怜的小家伙，只有以拴它的绳子为半径的生活圈，它太封闭，太狭隘，太单调，太孤独了。我站在阳台上，又看了它几眼，然后去上班。原谅我不能多陪你一会，因为我必须得去上班了，我不能迟到，也不能早退。我上班的地方很远，虽然朝九晚五，日复一日，但却是像你这样的一条小狗，一辈子可能也去不了的地方。

我以为我的世界大得很呢。

第五辑

补丁也可以绣成花朵

路灯亮起来的时候，她终于将牡丹绣好了。那件陈旧的连衣裙，因为这朵鲜艳的牡丹，而靓丽起来。目送他们一家三口的背影，我拿着那件绣了牡丹的裙子回家。你完全看不出来，牡丹之处，曾经是一个补丁。

耳朵看世界

一位通讯员拿着厚厚一沓照片,来报社投稿。我接待了他。

一张张翻下去。很遗憾,大部分照片质量很差,很多照片模糊不清,有的是拍照时手抖动了;有的是没有对焦,虚了;有的根本就没有取景,画面杂乱无章,似乎是随手拍下的。

他是我们报社的老通讯员了,拍照的水平还可以啊,怎么这次拍的照片都这么差?他看出了我的疑惑,解释说,这些照片不是他的,而是盲校的孩子拍的。他告诉我,为了让盲童们感知世界,学校特地组织了十几个孩子,拿着数码照相机,走上街头,凭着听力捕捉瞬间,拍摄身边的世界。于是,就有了这组照片。

凭借听力拍照?这可是第一次听说。我再次端详着手中的照片——

这是一张背景很乱的照片,人头攒动,是大街上我们经常见到的场景。他指着照片说,这是学生小丽拍的。当时,她拿着照相机,站在热闹的街头,到处是嘈杂的人声,她紧张得不知道怎么办。忽然,她听见人群中有个孩子在惊喜地喊奶奶,紧接着,她听见祖孙俩人快乐的笑声。她将照相机对着笑声的方向,摁了下去。小丽为她的这张照片取名为《街头的快乐女生》。听着他的解说，再看照片，乱糟糟的画面突然活了起来，我从那些奔走在街头的脸谱中，找到了隐约可见的两张笑脸。因为没有取景，这两张笑脸一点也不突出，被淹没在了众多漠然的表情中。但那确实是两张笑脸，如果你仔细听的话，仿佛还能听见她们的笑声。

他翻出另一张照片，这是一个叫海涛的学生拍的。照片的主景，是灰色的地面，和一溜快速走动的双腿。他告诉我，与别的盲童不同，海涛不是先天性失明，而是五岁那年，因为一场意外的事故，失去了双眼，在他的脑海中，还留存着这个世界的影像。为了治好他的眼睛，他的父母几乎倾家荡产。站在街头，海涛将他手中的照相机镜头，对准了路面和那些疾走的脚步。我们已经习惯了那些急促的脚步声，从一个地方，奔向另一个地方，在这个忙碌的街头，谁还会在意你匆匆的脚步呢？谁又会停留下来听听自己的足音？盲童海涛却为我们听见了。有意思的是，他让老师为他在照片背面题名《慢》，他是希望我们成人的脚步，能从容些吗？

通过通讯员的解说，那些拍摄质量很差的照片，忽然变得生动起来。这些照片，都是盲童们通过他们的耳朵听下来的，我们在用眼睛看的时候，如果也能竖起耳朵听一听，也许感觉就会迥然不同。

有一张照片，拍的是一堆杂乱的树枝，树叶已经落得差不多了，显得光秃秃的，画面看起来一点也不美感。可是，当我竖起耳朵的时候，我听见了树枝上一只燕雀的歌唱。我已经多久没有听见城市上空小鸟的鸣叫和它振翅的声音？

有一张照片，是一堵墙脚，一只小狗，跟在另一只小狗的身后，前面的小狗，头和半个身子已经跑出了画面。看着这幅照片，我哑然失笑，后面那只小狗屁颠屁颠的样子，也许急得汪汪叫吧。

还有一张照片，看上去模模糊糊，分辨不出是拍什么的，估计是那个孩子按错了快门吧。通讯员却解释说，这是学生小勇拍的天空。天空？那么，他听见了什么？是小鸟的鸣叫，还是飞机的声音？是风筝的哨声，还是呼啸的北风？

我一张张翻看着，我被孩子们凭借声音拍出来的照片，深深吸引住了。这些孩子，他们看不见这个世界，但是，他们却清晰地听着这个世界，听见了它发出的每一个细微的声音。声音，那是他们看世界的另一只眼睛。而透过声音看到的这个世界，也是如此美丽，让人迷恋。

离座三确认

周日,参加了一次野外聚会。一位刚从日本留学归来的朋友,跟我们讲了他在日本的经历和感受,印象特别深刻的,是日本人的一个生活习惯——离座三确认。

什么叫离座三确认?朋友解释说,日本人参加集体活动,当活动结束,起身离去前,会做到三个确认。首先,确认有无遗忘的物品。集体活动,人多,物杂,一高兴,起身拍屁股走人,很容易就将什么物品遗忘了。自己丢了东西,是损失,事后,朋友们帮忙回头寻找,更是给大家添麻烦。所以,一定要在离开前,每个人都认真检查一遍,自己有没有落下什么东西。

在座的一位是导游,经常带团出游,他深有感触地说,很多人确实有丢三落四的毛病。他带的团,就几乎每次都有人将东西遗落在宾馆或景点了,经常害得全团的人等他回去寻找,既耽误时间,也影响心情。导游说,每次游客从宾馆上车出发之前,他都会反复提醒大家,再仔细检查一下,有没有遗落物品,他甚至为此编了一个顺口溜:一摸脸,二摸手,三摸口袋。摸脸,看看眼镜带没带,耳坠、项链在不在;摸手,看看手表、手镯、戒指等,有没有落下？摸口袋,是检查钱包、手机、证件什么的。这些都是很容易丢落的东西。导游无奈地说,虽然自己一再提醒,还是有人会在半路上突然惊呼,什么东西落在宾馆了。为什么会这样？就是因为,一个人如果自己没有检查确认的习惯,别人再强调也不管用。

导游的经历,大家都感同身受,因为在座的很多人,都因为匆忙而丢失过东西。其中一个人,说他经常出差住宾馆,这些年,光遗落在宾馆里的刮胡刀就有三四个。多是因为行程仓促,离开宾馆时没有认真检查而丢落的。

朋友接着解释，日本人的第二个习惯，就是确认是否有散落的垃圾。虽然日本人做事都井井有条,垃圾一般会随手装进垃圾袋里,但集体活动,往往还是会有一些垃圾散落在桌面或者座位之下。因此,活动结束前,他们会再一次检查确认,自己的身边有没有散落的垃圾,如果有的话,就将其放入垃圾桶,或者随身带走,拿回家处理。

身边一位爱好体育的中年男子,听到这儿,突然一拍大腿,激动地说,难怪日本的体育赛事,那么多观众,看台却干干净净。中年男子感慨地说,我看过一条老新闻,说的是1964年在东京举办的第18届奥运会,当闭幕式结束,10万观众离场,偌大的体育场看台上,竟然没有留下一片纸屑,没有见到一块垃圾,令全世界震惊。原来,他们每个人都将垃圾带走了。确实了不起。

朋友笑笑,这与日本人的离座三确认密不可分。朋友又继续讲解,他们的第三个习惯就是,最后确认是否把椅子等使用过的东西置于原位了。在日本人看来,如果自己使用过的地方乱七八糟就走人的话,会让他人感觉不舒服，也丢了自己的脸。所以，日本人从座位上起身离开,无论是在单位的会议室,还是在酒店用餐,或是在朋友家做客,都一定会小心翼翼地将椅子归位。

这让我想起我们单位,每次会议室开完会,都是一片狼藉,椅子东倒西歪,桌子上散落着被遗弃的纸片、擦鼻子的餐巾纸团……清洁工必须赶紧进场清理,才能为下一个会议使用。

听了朋友的介绍,大家感慨不已。离座三确认,这确实是非常小的几个细节,可以说都是举手之劳,但这些微小的细节,却透露了一个人的修养与处事作风。

有人倡议,今天活动结束时,我们也来一个离座三确认,确认不留下一片垃圾,不遗落一件物品,不弄脏弄乱环境。

大家一致确认。

让美好的生活,就从这一个"确认"开始吧。

一只肉鸡的科学一生

一枚鸡蛋，与众多的鸡蛋一起，被放在一只孵鸡机里。经过21天的电孵化，雏鸡出壳了。它的出生和它的身世一样，都是科学的产物。没有鸡窝，没有母鸡温暖的怀抱。除了电孵化之外，煤油、沼气等等，都是今天用来孵化鸡的科学手段。

第1天。电灯光会在几个小时内，将它的绒毛烘干，不需要阳光。如果一只雏鸡鸡头鸡脑地寻找阳光，它一定会失望的，身为一只肉鸡，它这一生，见到太阳的机会几乎为零。好在它会很快适应这道科学的光芒。摆在它面前的，是一盘用玉米粉和复合维生素B液混合的饲料。一只雏鸡不会明白什么叫复合维生素B液，这没关系，一只肉鸡并不需要学习。

第2天。饲养员会给它注射一针马立克氏疫苗，这基本上可以确保它的短暂的一生远离瘟疫的威胁。这一点很重要，那些农家散养的土鸡，就从来享受不到正规的现代医疗保障，鸡瘟是常事。这就是科学的大型养鸡场的优势。

第3天。雏鸡们的翅膀已经能够扑腾了，它们快乐地扇着绒毛未脱的羽翅。它们不知道，这将招来断翅之痛。饲养员将它们一只只捉住，“咔嚓”一声，将它们的翅肘关节给剪断了。这辈子，它们再也扑腾不起翅膀了。一只肉鸡嘛，你就不要做天鹅梦了。

第4天。饲养员拿来了另一个针管。我相信雏鸡和孩子一样，都害怕打针，不过，亲爱的雏鸡们，害怕是没有用的。这支名叫一针肥的针剂，将令你们这一生不但健康而且能够茁壮地长肉，在养鸡场，一切以鸡为本，一切也以肉为本。

第6天。雏鸡的食物开始发生变化，除了玉米粉之外，还有菜叶等绿色食物，这令雏鸡们胃口大开，如果雏鸡们认识字，一定更加开心，因为在它们的食谱中，还添加了一种用0.5%穿心莲溶液、0.2%～0.3%大蒜溶液或100倍活力99生酵剂混合成的“高效保健促长液”，嘿嘿，这可是保健品哦。

第8天。正在长大的雏鸡们开始玩耍嬉闹，你啄我一口，我挠你一爪，十分开心。是给它们断喙的时候了。每只肉鸡都难逃此厄运，它们长长的鸡喙将被切掉三分之一。断喙是为了杜绝渐渐长大的肉鸡们互相啄趾、啄羽的恶癖，安心地将精力都用来长肉吧，这才是你们的事业。

第25天。鸡们茁壮成长，很快进入了青春期。它们的羽毛开始变色，鲜红的鸡冠也冒了出来。鸡们开始骚动，它们开始谋划一场轰轰烈烈的爱情，没有白纸写情书，那就刨刨地，画张约会图吧。如果你是一只小公鸡，这可不是个好兆头。一把锋利的手术刀，会在几秒钟之内，将你就地阉割，以确保你的处子之身，也彻底杜绝你这一生谈婚论嫁的非分之想。

第45天。现在，肉鸡们基本上已经长成，他们饱食终日，无所事事、一心一意地长着肉。它们长着翅膀，连扑腾都扑腾不起来；它们长着爪子,从来也没有走出过鸡舍;它们长着眼睛,连阳光都没有见过。它们所有的念头都湮灭了,埋头长肉。可是,对一个真正懂得科学养鸡的人来说,这还不够,它们的膘还不够肥,还不能卖出足够好的价钱。于是,他会进行最后一搏,拔掉肉鸡鸡翅上的长管羽毛,以将能量集中在长肉出膘上,就像给树苗打叉一样。据说这种科学的“拔毛助长法”很管用,被拔掉长管羽毛的肉鸡,每天能长肉50多克。至于肉鸡们,“个个”地惨叫几声,会很快淹没在钞票的哗哗声中。

第60天。肥硕的肉鸡们,出栏了。它们被送到了各个菜市场,它们不会走得太远,菜市场离人类的厨房很近。

第61天。在清扫鸡舍的时候,人们发现了一枚鸡蛋。看来,一定有一只肉鸡还是偷偷进行了一场恋爱。饲养员笑笑,将鸡蛋放进了一筐鸡蛋中。这枚鸡蛋,很快会被送进孵鸡机里,开始它的一生。

补丁也开花

拐角凹进去一段，就是她的舞台。她在这里摆摊织补，已经好几年了。

每次路过，都能看见她，坐在凹槽里，埋头织补。身边的车水马龙，似乎离她很远。她很少抬头，只有针线，在她的手上不停地穿梭。

这里原本是一个城乡接合部，这几年城市西迁，这块地也跟着火热起来，到处是建筑工地。上她那儿织补的，大多是附近工地上的民工。衣服被铁丝划了个口子，或者被电焊烧破了个洞，他们就拿来，让她织补下。也不贵，两三元钱就能将破旧的地方织补如初。如果不是工服，而是穿出去见人的衣服，她会更用心些，用线、针脚、纹理，都和原来的衣裳一样，绝对看不出织补过。

从她所在的拐角，往前百米，是一所学校。我的孩子，以前就在那所学校读书。每次接送孩子，都必经她的身旁。也就对她多留意了点。

一天，妻子从箱底翻出了一条连衣裙，还是我们刚结婚时买的，是妻子最喜欢的一条裙子。翻出来一看，胸口处被虫蛀了个大洞。妻子黯然神伤。我的眼前，忽然浮现出她的影子，也许她可以织补好。

拿过去。她低头接过衣服，看了看，摇摇头说，洞太大了，不好织补了。我对她说，这条裙子对我妻子的意义不一般，请你帮帮忙。她又看了看裙子。忽然问我，你妻子喜欢什么样的花？牡丹。我告诉她。她看着我，要不然我将这个洞绣成一朵牡丹，你看怎么样？我连连点头，太好了。

她从一个竹筐里，拿出一大堆彩色的线，开始绣花。我注意到她的手，粗大、浮肿，一点也不像一只绣花的手。我疑惑地问她，能绣好吗？她点点头，告诉我，以前她在一家丝绸厂上班，就是刺绣工，后来工厂倒闭了，她才开始在街上摆摊织补。我原来绣的花可漂亮了。她笑着说，原来的手也不像现在这么笨拙，在外面冻的，成冻疮了，所以，才这么难看。

正说着话，一个背书包的女孩走了过来。以为女孩也是要织补的，我往边上挪了挪。她笑了，这是我女儿，就在那边的学校上学。女孩看看我，喊了声叔叔，就放下书包，帮她整理线盒，很多线头乱了，女孩就一根一根地理清，重新绕好。不时有背着书包的孩子，从我们面前走过。有些孩子看来是女孩的同学，她们和女孩亲热地打着招呼。女孩一边帮妈妈理线，一边和同学打招呼。脸上挂着浅浅的笑容。

我好奇地看着女孩。她的稚气的脸上，已经三三两两冒出青春的气息。她似乎一点也不在意，她的同学看到她的妈妈，是个街头织补女。这出乎我的意料。我有个同学，就因为长相土了点，苍老了点，他的儿子从来不让他参加家长会，也不让他去学校接自己，男孩认为，自己的爸爸太寒碜了，出现在同学面前，丢了自己的脸。

我对她说，你的女儿真好。她看看女儿，笑着说，是啊，她很懂事。这几年，孩子跟我们也吃了不少苦。女孩嘴一撇，吃什么苦啊，你和爸爸才苦呢。忙完了手头的活，女孩拿出书本，趴在妈妈的凳子上，做起了作业。我问她，怎么不回家去做作业。女孩说，我们要等爸爸来接我们，然后一起回家。

她穿针引线，牡丹的雏形，已经显露出来。这时候，一个中年男人蹬着三轮车过来了，女孩亲热地喊他爸爸。我对她说，天快黑了，要不我明天再来拿，你们先回家吧。她摇摇头，就快好了。

路灯亮起来的时候，她终于将牡丹绣好了。那件陈旧的连衣裙，因为这朵鲜艳的牡丹而靓丽起来。

中年男人将三轮车上的修理工具重新摆放，腾出一个空位子来，然后，中年男人一把将她抱了起来，放在了那个座位上。我这才注意到，她的下半身是瘫痪的。女孩将妈妈的马扎、竹筐放好，背着书包，跟在爸爸的三轮后，蹦蹦跳跳地走去。

目送他们一家三口的背影，我拿着那件绣了牡丹的裙子回家。你完全看不出来，牡丹之处，曾经是一个补丁。

你不能头发蓬乱地走出我的店

刮了几阵风之后，雨说下就下了。

他悠闲地坐在椅子上，看着门外。开店十几年来，这个时间段，本来就没什么生意，他已经习惯了一天中这段闲散的时光。忽然，一个人影匆匆忙忙地走到店檐下，显然是躲雨的。他的理发店坐落在新区，周边几乎都是厂区，除了一条长长的围墙外，沿街还真没什么可以躲雨的地方。

雨在风势下，斜扫，不长的屋檐，根本遮挡不住风雨。躲雨的人往店里瞄了几眼，终于没有推门进来。他站起来，走过去，拉开门，对那个人说，别站在外面了，衣服都淋湿了，进来坐会吧。躲雨的是个年轻人，看看他，犹疑地说，那会影响你的生意吧？带着一口的外地口音。他笑了，这时候也没啥生意，再说，也没什么影响。年轻人抖抖身上的雨水，跨了进来。

他指指身边的凳子，示意年轻人坐下。年轻人说了声谢谢，坐了下来，一边摘下眼镜，用衣角擦拭干净后，又戴了起来。他拿了一条毛巾，递给年轻人，擦擦脸吧，小心受凉了。年轻人感激地笑笑，接过毛巾，将脸擦干净，又擦了擦湿漉漉的头发。他注意到，年轻人的头发长而蓬乱，一看就是有段时间没有理发了，显得有点憔悴而落魄。他将毛巾重新挂好，问年轻人，看样子是来找工作的吧？年轻人点点头，扶扶鼻梁上的眼镜，告诉他，去年就毕业了，一直没找到固定的工作，只是在老家打了几份零工。听说这边工厂多，就过来试试看，已经来了两个多月了，除了帮人干了几次零活外，还没有找到工作，身上带的钱也花得差不多了，再找不着工作，就只能先回老家了。他陪着叹口气，现在的工作确实不好找，他安慰年轻人，别急，总有希望的。年轻人若有所思地点点头。

他又和年轻人闲聊了几句。外面的雨，一直在下。

他上下打量了一下年轻人，忽然站起来，拿起架子上的理发布，对年轻人说，坐着也是坐着，不如我帮你理个发吧？年轻人一听，神色慌张地直摇头，我只是进来躲躲雨的，不理发，如果我影响你生意的话，我可以站在外面屋檐下躲一会儿。年轻人说着，就要站起来。他一把按住年轻人，没关系，我不会强迫你理发的。反正我现在也是闲着，没有生意，帮你把头发简单地剪一剪，你会看起来精神一些，也许对你找工作有利。年轻人脸红红地憋出一句话，我也知道我的头发太凌乱了，可是，不瞒您说，我的身上只剩下几十元钱了，我真的没钱理发。他笑了，小伙子，你误会了，我不收你的钱，也不瞒你说，我学理发时间也不长，这个店也刚开不久，你就当给我练习一下，如果剪得不合你口味，你还要多包涵。他善意地撒了一个谎。年轻人抬头看看他，摘下眼镜，狐疑地点点头。

他将理发布罩在年轻人身上，拿起剃刀，开始帮年轻人剪头发。小伙子的头发长而乱，似乎很久没有认真梳理过了。他轻轻地先将小伙子的头发梳顺，看着镜子里小伙子的眼睛说，我建议你将头发剪短一些，这样显得干练。小伙子点点头。在嗡嗡的剃刀声中，小伙子长长的头发，纷纷落下。

他一边修剪，一边继续和小伙子闲聊。不一会儿，就将小伙子的头发剪好了。他又帮小伙子将头发洗了一下，然后，用电吹风吹干，成型。小伙子戴上眼镜，看见镜子里的自己，显得年轻、干练，多了很多精气神。小伙子笑着说，师傅，你的手艺蛮不错的，不像是刚学出来的啊。他笑笑。小伙子手伸进外衣口袋，掏了半天，掏出一张五元钞票，递给他，嗫嚅地说，不好意思，我只能付给你这么多，你别嫌弃。他推开了他的手，板着脸说，我说过权当练习，怎么能收你的钱呢？小伙子腼腆地收起了钱。

外面雨仍然在下。两个人继续闲聊。言谈之中，他看出，小伙子对他免费为他理发这事，还是放不下。于是，他向小伙子讲了一个故事。小街上有家剃头老店，有一次，一个头发蓬乱、面容肮脏的小男孩走进店里讨水喝。老师傅给他倒了一杯水，还给了他几块饼干。又饿又渴的小男孩吃得很香甜。吃完了饼干，喝好了水，小男孩准备离开。老师傅却一把将他拽住，要给他剃头。小男孩说，我没钱。老师傅说，我知道你没钱，可是，你既然走进我这个剃头铺了，你就不能蓬头垢面地走出去。老师傅给小男孩剃了个好看的小平头。小男孩看着镜子里的自己，忽然扑腾一声跪在了老师傅的面前，恳求收他为徒。就这样，小男孩学成了一门手艺，再也不四处流浪乞讨为生了。

他没有讲那个小男孩是谁，小伙子也没有问。

一会儿，雨终于慢慢小了，停了。小伙子向他告辞，并承诺如果找到工作，今后就都到他这里理发。他拍拍小伙子的肩膀。目送小伙子一脸精神地走出他的理发店，他笑着嘟囔了一句：不管你是谁，你都不能头发蓬乱地走出我的理发店，这是一个理发匠的根本呢。

一个字的n种处理方式

正在看书或做作业的孩子，忽然走过来，问你一个他不认识的字，你会怎么办？

最大的可能是，你扭头看了一眼那个字，认出来了，并直截了当地告诉了孩子答案，这个字怎么念，是什么意思。如果你此时心情好，平时心又细，你也许还会告诉孩子，这个字可以怎么组词，如何造句。孩子很崇拜地看着你，这让你很满足。

也有一种可能，你看看那个字，也不认识，或者好像很熟悉，但就是一时想不起来了。你诚恳而歉意地告诉孩子，这个字，你也不认识。孩子摇摇头，无奈地走了。

一种处理方式是，你看一眼那字，原来是个很简单的字，按理孩子早该认识它，没想到他却不认得，这不由得让你很失望，很生气，于是，怒由心头起，恶向胆边生：这么简单的字你都不认识，你整天在干什么？简直就是个废物！孩子被你骂得灰头土脸，垂头丧气地回到了自己的房间。

也许孩子过来问你的时候，你正在忙着家务，或者电视正看到兴处，抑或正埋头在捣鼓着手机，总之是正忙着呢。孩子的打扰，让你很不耐烦，很不开心，于是，看也不看孩子和那字一眼，嘴里嘟囔了一句：去去去，问你爸（妈）去！孩子悻悻地走了。

也可能情形是这样的，你看了一眼那个字（也许认识，也许不认识，这不重要），扑哧一声乐了，呵呵，小子，现在认得字多了，来考你爸（妈）啦？至于那个字到底怎么念，什么意思，你一个哈哈可能就打发过去了。

还有一种可能，你教育孩子很用心，认为孩子应学会自己独立地解决问题，而不应该老是拿自己的问题来指望父母，所以，当孩子过来问你一个字的时候，你看都不看一眼那个字，就简单而坚决地告诉孩子，自己查字典去！

当然，也有这样的可能。那个字，你不认识，你也歉意地告诉了孩子，但你不是简单地打发了事，而是紧接着对孩子说，那我们一起来查查这个字，看看它是怎么读的，是什么意思，好不好？于是，孩子找来了字典，你们一起查阅，最后，孩子认识了这个字，你也认识了这个字。

另一种可能是，那个字，你认识，你本可以随口就告诉孩子的，但你没有这样做，而是要求孩子去拿来字典，然后，一起去查，并和孩子一起探讨，这个字，可以怎么组词，怎么造句，甚至引申一下，它的同义词、近义词、反义词什么的。孩子不但认识了这个字，还学到了很多……

也许，你还有其他的处理方式。

没错，一个简单的字，一个简单的问题，作为家长，我们在面对时，可能会有很多种完全不同的处理方式，这与身为父母的我们自身的习惯、性格、修养、受教育的程度以及教育方式等等都有关系。我不想评价上述哪一种处理方式是合理的，正确的，可取的，这本无标准。但我可以告诉你，你采取的任何一种处理方式，都是一种“教育”，你今天是怎么教育孩子的，孩子的未来就可能朝着某个方向走去，孩子的习惯、性格、能力、处理问题的方式，都会因你的处理方式而受到深刻影响。小到一个字，大到孩子的一生，都是如此。

不要以为孩子只在学校接受教育，其实我们的一言一行，都是教育的最直接的样本。从来没有一个父母是“不教”的，只是教育的方式不同，手段不同，效果自然也不同。别小看了一个字，一个字就有n种处理方式，也就是n种教育方式，它其实就是你在孩子身上埋下了一颗怎样的种子。

请自备容器

一家图书馆的墙上，贴着这样一张告示：本馆所有知识免费，请自备容器。读者看了，不禁莞尔。知识是免费的，可你得有盛知识的容器啊，这个容器就是你的大脑。不自备，别人永远帮不了你。

去年到香港参加一个培训，课程安排在浸会大学。学校特别安排了一个教室，给我们这些内地来的短期进修生。教室外的走廊上，除了几样点心外，还有一桶纯净水和一壶咖啡，桌上放着不多的几只一次性纸杯。老师告诉我们，点心、水和咖啡，都是免费供应的，水和咖啡，最好用自己带的杯子盛，如果没有带的话，也可以使用一次性纸杯，但为了环保，请大家每天最好只使用一只。我注意到，课间休息时，老师宁愿跑很远的路，回自己的办公室拿杯子喝水，也没有一个人使用那些一次性纸杯。老师说，自备容器，已经成为大部分港人的一个自觉习惯。第二天，我们就都赶紧去便利店买来了玻璃杯。

在浸会大学上了十多天的课，老师几乎没有发给我们一张复印的资料。而对于我们这些来自内地的学员来说，都想尽可能多地带一些香港的资料回去。老师似乎明白我们的想法，所以，每天讲完课，老师都会将自己的讲稿，拷贝在教室的电脑里，学员们需要，可以用自己的U盘拷贝。我们几个忘带U盘的学生，除了拼命地记笔记外，就只能用自己的大脑，这个容积最大的容器了。

浸会大学附近的联福道上，有一间冷饮店，卖的冰镇可乐，口感特别好，每次路过，我们都会忍不住买一杯尝尝。有意思的是，这家冷饮店的墙上，贴着一张告示：自备容器，可享受优惠，买中杯，送大杯。不少人是拿着自己的杯子去买可乐的，据说，用自己的杯子盛，同样的价钱，会多出二成的饮料。我们买的玻璃杯再次派上了用场。用玻璃杯喝可乐，味道比纸杯更纯粹。只是我们不明白，店老板省下了一个纸杯，却多付出二成的饮料，这不是亏本的生意吗？不过，看看人口这么密集的香港，大街小巷都那么干净，就明白，为什么一个饮料店的小老板，会做出这种蚀本的买卖了。

自备容器，一个小小的举动，换来的，可能是生存环境的大变化。

记得小时候，妈妈一边在厨房里做饭，一边高喊，快去打瓶酱油来。于是，一个快乐的身影，手里握着一只泛黑的酱油瓶，飞快地向代销店跑去。有时候，我们也会拎着瓶子，帮爸爸打酒，帮奶奶打煤油……每一只瓶子，都是反复用了无数次，泛黄，泛黑，泛紫，看不出它的本色，不过，只要凑到瓶口嗅一嗅，这只瓶子是派什么用场的，就一清二楚了。那时候，我们的容器不多，每一个容器，都蓄涵着生活的滋味，让人们倍加珍惜。

今天，还有谁会拎着一只瓶子去打酱油吗？没有了。超市里，几乎所有的东西，不是瓶装的、罐装的，就是袋装的、盒装的，包装都很精美，再也不需要我们自备容器了。而我们的家中，也到处都是用光了的废弃的瓶子、罐子、盒子、袋子，这些曾经的容器，当它们被掏空之后，就不再是容器了,成了垃圾。

我怀念用瓶子打酱油的时代,那时候我们的容器不多,因此,我们总想着将它们装满。而有了一只自己的容器,我们就可以将我们的生活,盛装其中。

一年生了多少气？

去探望一位老朋友。他正在伏案，手里拿支笔，苦思冥想着什么。问故，答：正在给自己做个年终总结，看看这一年，自己到底生了多少气？

我一听，乐了。一年过去了，对自己的工作和生活进行一次盘点，回头看看这一年都有什么收获，取得了哪些进步，这好理解，可是，谁会盘点自己一年生了多少气？

朋友拧着眉说，这一盘点，还真发现了不少问题呢。说着，他将面前的白纸展示给我看，上面凌乱地涂鸦着他一次次“生气”的经过——

一次，朋友去省城某机关办事，因为路途堵车，赶到时，对方快下班了。因为距离远，去一趟不容易，朋友再三解释，恳请对方帮帮忙，帮他将事情办一下。可是，人家根本不予理睬，声称已经到下班时间，来不及办了，然后径自离去。朋友说，其实，只要两三分钟，就可以将他的事情办妥。当时，看着那位机关办事员骄横的背影，自己真是气得够呛。

还有一次，朋友去一家饭店吃饭，那天，饭店的生意火爆，菜点了半天，还没有上来，朋友就催服务员。服务员满口答应催催，十几分钟过去了，菜还是没上来，朋友将服务员喊来，责问是怎么回事。服务员也是一脸委屈。双方争执起来，朋友吃饭的心情一点都没了，怒气冲冲，饿着肚子，摔门而去。

朋友说，很多气，都是在外面受的。有时候，回到家，遇到不顺心的事，也郁闷、难受、生气。往往是跟孩子生气。朋友有个男孩，在读初中。朋友感叹，青春期的男孩，很多时候，就喜欢跟你拧，让人生气。印象最深的一次，是一个周日，他想带儿子去见一个朋友，儿子找了很多理由，坚持不肯去，父子俩为此闹开了。朋友觉得，将孩子养这么大，让他陪自己去见见朋友，他都一点不肯配合，养孩子有什么用？越想越生气。

数了数，朋友罗列了四五条生气的事。看来看去，都是些鸡毛蒜皮的小事。朋友挠挠头说，可是，当时可都是动了真气的，气得不行，气得够呛，气得肺都要炸了。奇怪的是，怎么才过去了不到一年的时间，这些事情，再回想起来，就不那么让人生气了，甚至觉得自己当时气得莫名其妙，小题大作？

朋友随手将白纸上罗列的生气的事，一条条划掉，然后，将纸揉成一团，扔进废纸篓，拍拍手，说，还有很多当时让人生气的事情，现在想不起来了，这说明，那些事，根本都是不值得生气的事情啊。而事到临头时，我们为什么会跟一些鸡毛蒜皮的小事过不去，生气、愤懑，甚至暴发呢？其实，生气是我们自己跟自己过不去啊。

我点点头。看着朋友扔进纸篓里的那团纸，我忽然想，我自己这一年来，遇到过多少不如意的事？烦心的事？苦恼的事？郁闷的事？而为了这些事，我又生过多少气呢？因为生活负担重，工作压力大，我的心情也时常沉重，不悦，生气。不过，恰如朋友所言，年终盘点起来，值得继续生气的事情，还真没有几件，很多当时气愤难当的事情，现在回头去看，很可能一笑就能了之。

我拿过朋友的笔，也像朋友一样，在白纸上罗列了我能记起来的让我生气的事情，然后，将它们一笔笔勾掉，揉成一团，扔掉。恍然觉得，心里就像整理过的空间，变得整洁、宽敞、透亮。

又是一年过去了，把自己的情绪也整理一下，盘点一下，将掩藏在我们体内的不良情绪和信息丢弃掉，为快乐的生活腾出空间，在我看来，这是一件十分有意义的人生小结。

· 到　期

儿子从成都打来电话，让我们去他的房间，找一个影集，里面有他高中毕业时的一张合影，翻拍给他。

我们很快就找到了，用手机翻拍后，传给了他。

3 年前，儿子考取了四川大学，一眨眼，他都快大学毕业了。这本厚厚的影集，记录了他从满月到高中毕业的成长全过程。妻子捧着影集，一页页翻看，翻着翻着，竟泪眼婆娑。

忽然，妻子似乎想起了什么，放下影集，走进书房。在书橱的抽屉里，她找出一个厚厚的信封，打开，里面是三份保险单，以及一沓缴费凭据。

妻子说，你看我们俩糊涂的，儿子的保险都到期了，我们竟然一直没去领取。

我看了看，一张是少儿一生幸福保险，还有两张教育婚嫁金保险，都是我们给儿子买的。当初买这些保险时的情景，还历历在目，一转眼，竟然都到期了。

单独的那份少儿一生幸福保险，是儿子 3 岁那年，我独自买的。当时，一个高中同学的妻子在做保险，她说服我买了一份，每年缴360元，缴到孩子18周岁后，每年可以领取一笔教育金，孩子22周岁，还可以一次性领取一笔婚嫁金。想想缴费也不多，又是老同学的面子，便给儿子买了一份。

另外两份教育婚嫁金保险，则是我和妻子，在儿子4岁那年，主动给儿子买的。妻子买的那份，每月缴100元，我买的那份，每月缴80元。那时候，我们每月的收入，也就二三百元，这笔保险金，对我们来说，是一笔不小的开支。但想想到期后的受益，再苦再累，也是值得的，妻子买的那份保单扉页上，清楚地写明，被保险人满22周岁，可以一次性领取婚嫁金39829元，我买的那份，可以领取31227元。我的天哪，两份婚嫁金加起来就是7万多元！在当时看来，那是多么巨大的一笔钱啊。

因为每月必须缴纳的这两笔保险费，我们的日子常常过得是捉襟见肘，不得不处处省着花。儿子已经上幼儿园了，为了不让他输在起跑线上，与很多父母一样，我们也为孩子报了好几个兴趣班，而每一个兴趣班，都缴费不低。这使我们本来就不宽裕的日子，更是紧巴巴的。但日子再苦，不能苦了孩子；经济再拮据，每月的保险费，不能不缴。每到月初，我和妻子领了工资，第一件事情，就是先把儿子的保险给缴了。每次缴费时，瞅一眼保单上注明的可以领取的婚嫁金，我们的心，就无比踏实，充满了希望。

最艰难的一段日子，是那年单位房改，个人要缴纳3万元。家里所有的存款，都取出来了，能借的亲戚朋友，都借了个遍，才勉强将钱凑够。可是，月底也到了，两份保险必须要缴了，家中没钱了，怎么办？那次儿子的保险费，是我们不得不含着泪，砸了儿子的储蓄罐，用他从小就一分一毛攒下的硬币，缴了他的保险费。

那时候，我和妻子经常默默念叨，等到儿子满了22周岁，我们就可以一次性领取7万多儿子的婚嫁金，我们的日子就好过了。

可是，儿子22周岁，那是多么遥远，多么遥遥无期啊。

后来，我们一家从安徽搬到了浙江，收入也慢慢提高了，每月缴一两百元，对我们来说，变成了很轻松的事情。他的保险也不可能再每月缴费了，于是，我们每年回安徽探亲，要做的一件事情就是，把给儿子买的三份保险一次性缴纳。

年复一年。

这期间，儿子读完了小学，读完了初中，读完了高中，现在，他都快大学毕业了。

去年11月，他就满22周岁了。

浑然未觉。

妻子拿着保单，叹了口气，说，保单都到期了，你抽空回安徽一趟，把它们都清了吧。她的语气里，没有一丝兴奋。

我茫然地点点头，喃喃地附和，没想到，这么快就到期了。

但我们的爱，没有到期。永远不会到期！

我紧紧地搂住了妻子。

当孩子拿起剪刀

孩子第一次拿起剪刀，可把照顾他的奶奶吓坏了：小祖宗哎，快放下，剪到了自己可怎么得了？

孩子乖乖地放下了剪刀。

孩子上幼儿园了，老师教了手工课，回家之后，孩子兴奋地找来纸、画笔和剪刀，正准备剪纸时，妈妈出现了，一把夺过了孩子手中的剪刀：小孩子玩儿什么剪刀，太危险，你要做什么，妈妈帮你剪。

孩子悻悻地将剪刀交给了妈妈。

孩子上学了，手工课多起来了。一次，老师布置了家庭作业，动手做一个手工艺品，送给妈妈。孩子刚拿起剪刀，爸爸看见了，叮嘱孩子，小心剪到手。孩子看看亮晃晃的剪刀，又看看自己的手，放下了剪刀。

孩子发现，衣服上有一个线头，准备用剪刀把线头剪了。问妈妈剪刀在哪儿？妈妈说，要剪刀干什么，用牙咬掉不就可以了？孩子犹豫了一下，低头吃力地咬线头，咬是咬掉了，也将衣角咬得不成样子。

孩子包好书皮，想用剪刀将四个角修剪一下，刚拿起剪刀，妈妈就惊呼，小心剪到手。

孩子的指甲长了，妈妈说，千万不要用剪刀，小心将手指剪掉了，用指甲钳。

孩子的手中，拿着一袋包装精致的零食，可是，怎么打开它呢？撕，撕不动；咬，咬不开；拽，拽不掉……孩子急得眼泪都快流出来了。最后，他终于有了主意，拿着零食袋和剪刀，让妈妈帮他剪开。妈妈拿起剪刀，轻轻一剪就剪开了……

我的一位当老师的朋友跟我讲起一件事。一次，她教孩子们做手工，全班竟然有近半数的孩子不会或不敢用剪刀，他们宁愿用手撕，将纸撕得歪歪扭扭，十分难看，也不用剪刀。她问他们，难道在家里没用过剪刀吗？孩子回答，没用过。怎么可能这么大了，没用过剪刀？她诧异地问他们。孩子回答，爸爸妈妈不让用剪刀，说危险。一个会用但不敢用剪刀的孩子补充说，每次只要我一拿起剪刀，大人就会对我说，小心剪到手，每次都这样，很烦，于是我索性就再也不用剪刀了。那如果你们需要用剪刀的时候怎么办？朋友好奇地问学生。学生们笑了，这还不简单？找大人呗。

当孩子拿起剪刀的时候，你是怎么处理的？是耐心地教他怎么用，并告知他如何注意安全，还是为了避免危险，而拒绝孩子使用剪刀，宁愿自己去帮忙？你会不会每次在孩子拿起剪刀的时候，都不放心地一再叮嘱他“小心剪到手”？

小心剪到手，这本来是一句善意的提醒，但说多了，对孩子来说，就成了一种无形的负担和压力。有人做过一个小调查，不会使用剪刀，或不敢使用剪刀，或不愿使用剪刀的孩子，在他们每次拿起剪刀的时候，都会受到父母或其他长辈的这句叮咛。于是，有的孩子不胜其烦，索性不用剪刀了；有的孩子害怕了，也不用剪刀了；还有的孩子，不小心真的剪到了手,从此更是再也不敢碰剪刀了。

问题当然不仅仅出在剪刀上——

孩子奔跑,大人叮咛孩子,小心摔跤。

孩子玩泥巴,大人呵斥孩子,小心弄脏衣服。

孩子爬树或攀高,大人教训孩子,小心摔下来。

孩子洗碗,大人不放心地说,小心打碎了碗碟。

孩子一个人出门,大人吓唬孩子,小心被人拐走了。

孩子拆散他的玩具,大人骂孩子,小心装不回去。

孩子试图组装一个什么东西,大人会不屑,乱七八糟瞎折腾什么……

你以为你是呵护孩子,你以为这都是为孩子好,你以为你在尽自己的责任。其实你是拿走了孩子手上的那把“剪刀”,看起来你让他远离了危险和错误,但你阻止了他用这把剪刀,你捆住了他本该灵巧的手,你束缚了他的动手和创造能力,他还怎么修剪出最新最美的图案和生活呢?

放手,在孩子拿起剪刀的时候。他拿起的不单是一把剪刀,还有他的未来。

·旧　书

她微微佝偻着腰，一个一个办公室敲门。大家都认识她，收旧报纸的老太太。

每个月的最后一个周末，她都会准时出现在办公楼里，单位规定，这天，她可以上门收购旧报纸。

因为工作性质的原因，我们单位几乎每个人，都订了好几份报纸杂志，平时看完了，就码在办公室一角，等着她上门来收购。卖一次旧报纸，往往可以挣几十元，女同事拿去买零嘴，大家共享。

她五十来岁，头发已经花白了，讲一口浓重的郊区方言。每次来，她都会拎着一个布袋子，里面塞满各种各样的布条，看得出，这些布条都是用旧衣裳撕出来的，她用来捆扎旧报纸。另一只手上，拎着一杆小秤。

“卖报纸！”有人站在楼道里喊一嗓子，她就会立即从某个办公室跑出来，瞅一眼，一脸乐呵呵地应答着。她几乎能够认出这座楼里的每一个人，甚至谁多长时间，需要处理一次旧报纸，她都了如指掌。因此，如果一段时间你没有卖过旧报纸，下次楼道里看见你，她一定会特地问你一声,旧报纸要卖吗?

她躬着腰,将堆在办公室角落里的旧报纸,一摞摞搬出,理整齐,码好,然后,用布条捆扎起来,一捆一捆地过秤。与我们经常看到的商贩那高高翘起的秤杆不同,过秤的时候,她的秤杆,总是往下垂,秤砣几乎要从秤杆上滑落下来,这样,报纸可以称得重一点点。没人在意她的秤,但她一如既往,要把秤让给她的客户。称一捆,她报个数,让你记下来,再称一捆,再报个数。一捆一捆称完了,她会让你加一加,有多重?而她自己,似乎从不记数,你告诉她多重,她就按这个重量,算账给你。有时候,账里面有零头,大家就说算了,她却总是很认真地从包里掏出一大把硬币,一分不少地付清。

有时候,她会兴高采烈地告诉我们,旧报纸又涨价了,涨了一毛多呢。她会按新的价格,算给我们。她说旧报纸涨价了的时候,高兴得就好像她是卖旧报纸的,得了多少实惠似的。也有的时候,她会神情黯然地对我们说,最近旧报纸跌价了,价格只能低点了。说这话的时候,也好像她是卖旧报纸的,莫名地损失了似的。其实,大家处理旧报纸,没几个人真在意那点钱。倒是她,每次都很认真地告诉我们近期的旧报纸价格,涨了,或者跌了,晴雨表一样。

她的实诚,使办公楼的人,都对她充满好感。这也是她能够这么多年,可以上门收购我们旧报纸的原因吧。

也有的时候,她会显得很小气。比如每次整理旧报纸时,看到夹在报纸里的杂志,或者书,她都会将它们剔出来,单独捆在一起过秤。她说,书和杂志比报纸便宜一点。有一次,我搬新办公室,整理物品时,我将一些旧书,扔进了旧报纸堆里。正赶上她来收购旧报纸。她将那些书一本本拣了出来,问我,这些书真的不要了?我点点头。她将书单独捆扎好。我笑着对她说，其实，书和旧报纸的价格，一斤也就相差毛把钱，没必要分的这么细。她讪讪地笑笑，没有回答。

每个月的最后一个周末，我们都能看见她微微佝偻的身影。这么多年来，她就像一张旧报纸一样，穿梭在办公楼里。

那天，我们去郊区的一个山村采访，村支书领着我们参观了他们新建的村图书馆。图书馆是一间民房改建的，书架上，整齐地码着一排排书。忽然，看见有本书很眼熟，打开，扉页上写着我的名字，想起来了，是我上次搬办公室时处理掉的，再一找，另外几本也在。我好奇地问村支书，这些书从哪来的？村支书说，是村里的林老太太捐赠的。她经常上城里收旧报纸，如果收到旧书，她就会留下来，捐给村里或者学校。这几年，她已经捐了好几百本了。

忽然明白了，为什么每次收旧报纸的老太太，都会将夹在报纸里的书刊拣出来了。摩挲着那些旧书，我感到了一丝羞愧，也嗅到了旧书里散发出来的独有的香气很温暖。

退休后回乡做个乡贤

春节是一年中乡村最热闹的日子,也是最有生机的时刻,因为出门闯荡谋生计的年轻人大多回来了。

我的堂兄弟、表兄弟们也都回来了。和大多数农村青壮年一样,他们也都在外面做生意或打工,很多人已在所在的城市或县城买了房子,除非遇到婚丧、老人大病、孩子升学等大事情,平常日子,他们也很少回乡。

久未见面,我与他们相聊甚欢。话题不知不觉转到了我家的老屋。我说出了我的打算,准备把老屋重新翻盖一下,等我退休了,就回乡定居。

他们有点惊诧,你在杭州有房有车,生活安逸体面,熟人朋友众多,医疗也有保障,为什么还要回到贫瘠、清芜的乡下?

我笑着说,我不是单纯地回乡养老,而是想回来努力做一个乡贤。

他们对“乡贤”这个词有点陌生。我笑笑,简单地说,就是做一个对家乡还有点用的,受人尊敬的老头。

我给他们算了一笔账。

设若我可以活到80岁,其中,健康、能自由走动的年龄是78岁的话，也就意味着，从我60岁退休还乡，还有整整18年的时间。这18年，我可以做些什么呢？

一个在我回乡那年才呱呱坠地的孩子，18年，正好长大成人了。我可以见证他的成长。我的家乡与很多乡村一样，青壮年大都离乡了，留守的多是老人和孩子，他们其实很孤独。当然，那时候我也是个老人了。但我这个老头，还算是一个有点文化、有点见识的老头，而且有一份稳定的退休金可以维持生计，不必像很多村民那样，到老了还不得不继续为生计奔波劳作，因而，我有时间和精力，陪伴这些孩子。我可以为他们讲一讲故事，陪他们读一读书。我有几千本藏书，这些书，我都会搬回乡下，专门辟出一个房间来安顿它们，摆几张板凳，给那些愿意来此与我一起读书的孩子坐一坐。简单的课业问题，自忖还可以帮一帮他们。我希望他们都能有一点梦想，我会与他们谈一谈我小时候的梦想，以及我从书本上读到过的别人的梦想，来激励他们。他们在成长过程中，肯定会遇到很多问题，尤其是他们的父母不在身边的时候，他们会迷茫、无助，我未必能指导他们，但我会很乐意做一个倾听者，并与他们分享我的人生经验，使他们不至于因无处诉说而走上歧路。

当然，我不是什么布道者，而且，很多问题可能是我始料未及的，甚至远远超出我的能力，但我愿意伸出我的手，拉他们一把，扶他们一程。而这其中，也绝不仅仅只是付出，因为，在与新生命的共同成长中，你会得到很多意想不到的快乐。做一个有用而快乐的长者，这自然是我十分乐意的事情。

对乡村里很多与我同龄或年长的老人们来说，我希望自己能成为他们快乐的老伙伴。他们都是我的发小，我们有很多共同的记忆，这足够我们慢慢咀嚼回味，一起面对孤独、苍茫的老年生活。当然，因为子女不在身边，又要照顾孙辈，还要下地劳作，他们肯定比我艰辛很多，我希望力所能及地帮助他们。农忙的时候，我愿意扛起锄头，与他们一起下地干活，离乡既久，我的农活真是粗糙极了，开始的时候，说不定会把农作物当野草给锄了，这会让我们心疼得开怀大笑。而农闲的时候，我们就一起下下棋，唠唠嗑，晒晒太阳。如果风和日丽，我就开上车，拉他们到附近逛一逛，兜兜风，看一看家乡的变化。

回乡后，我的春节都会在乡下过，如果我的孩子乐意，那就来乡下陪陪他的老父亲老母亲吧。说到春节，这也是我决意退休后返乡的一个重要原因。这个春节，我在乡下遇到的，几乎都是各种各样的牌局、酒局，热闹中尽是枯燥浮华，年味变味了，传统尽失，礼仪无存。全村百余户人家，竟没有一家的门对联是手书的，而我小的时候，大年初一的第一件事情，就是挨家挨户看一看比一比，谁家的春联字最好看，对联最独特。我希望改变就从小小的春联做起，我帮你写，我教你写。重拾乡村文化和传统文化，是一个很大的命题，而起步只能从点滴做起。我希望我这个还有点文化的老头，能尽绵薄之力。

我还设想了很多很多。

我的堂兄弟、表兄弟们对我的计划，兴趣浓厚。其实，对于乡贤这个概念，我也不是特别清晰，但有一点我是清楚的，那就是现代乡村需要重新构建，它不应该只是山清水秀，也不应该仅仅民风淳朴，更不应该成为被遗忘的苍茫荒凉之地，它是我们的根，是传承的摇篮，需要每一个与它曾经或依然息息相关的人共同努力。

我未必能成为一名合格的乡贤，但我愿意为之努力，并从现在开始就做好准备。

母亲的西湖

又堵车了。从他家到火车站，有一条近路，但经常堵车，为了避开，今天他特意绕了个大圈，没想到半路上还是堵住了。他愤懑地嘟囔着。

坐在后排的母亲安慰他，莫急，赶不上就坐明天的火车回去，一样的。

母亲要坐火车回老家去。

忙不过来时候，他会将老家的母亲接到杭州来，帮帮他。这些年，每年母亲都要来杭州一两次。

母亲一来，他和妻子就轻松多了，儿子有人管了，饭有人做了，家有人照顾了。他和妻子，就都可以腾出手，安心忙各自的工作。

每次母亲来，住上一两个月，等孩子又开学了，他们手头的工作也暂告一段落了，就又到了母亲该回老家的时候了。他知道母亲其实住不惯这里，所以，每次母亲提出要回老家去，他也不阻拦。有几次，他要开车送母亲回去，都被母亲拒绝了，她执意自己坐火车回去。他知道，母亲是怕影响他工作，再说，开车的费用太贵了，母亲舍不得。

母亲就像候鸟一样，匆匆飞过来，又飞回去。

母亲突然指着车窗外说，大楼后面好像有个湖，那、那是西湖吗？

他扭头看了看，目光穿过大楼，看见一块白白的水面。其实不用看，他也知道，那就是西湖。西湖可不就在那个方向。来杭州工作已经十几年了，他无数次去过西湖，熟悉得就跟小时候家门口的那块池塘一样。当然，没有一次是自己单独或一家人去逛的，全是陪外地来的客户和朋友。他想，反正自己已经在杭州了，有的是机会，随时可以去西湖边逛逛。而别人从外地来了，能不立即陪着到西湖边转转吗？西湖逛了一趟又一趟，他已经麻木了。

母亲轻声说，能开车转过去吗？我想看一眼西湖，到湖边看一眼，就可以了。

他回头望着母亲，犹疑着问，妈，你没看过西湖？顿了顿，又嘟囔了一句，我没带你来过西湖吗？

母亲摇摇头。

这怎么可能？他不相信地晃了晃脑袋。母亲来过杭州少说也有二十多次了，自己怎么可能一次也没带她老人家来西湖边走走看看？他真的记不清了。

他将方向盘朝右一打，往西湖边驶去。

从南山路，到杨公堤，再到北山路，他沿着西湖，绕了一个大圈。他在心里想，今天先开车带母亲绕西湖一周，下次再陪母亲，一个景点，一个景点慢慢去看。

一路上，母亲不说话，一直侧着头，盯着窗外。窗外，是西湖，风景如画的西湖。

最后，车子进入西湖大道，往火车站方向驶去。车窗外，看不到西湖了。

这次回去，我终于可以跟你王大妈她们讲讲真的西湖了。母亲激动地说，每次从你这儿回去，王大妈他们都会上家里来，让我讲讲西湖，她们都没来过杭州，没看过西湖呢，这辈子怕是都没机会了。我就跟她们讲啊，西湖很大，很漂亮的，有好多船，湖边永远有好多人，从全国各地来的。母亲忽然压低了声音，其实那都是我在电视上偶尔看到的。她们一遍遍听我讲，都夸我有好福气，儿子在杭州工作，在西湖边，那是天堂呢……这次回去，我终于可以讲得具体点了。

他的鼻子忽然一阵阵发酸。母亲来杭州这么多次了，没有一次是为了来游玩，不是来享福，而总是来帮他们一把的。而自己，甚至还一次都没有带母亲到西湖边逛逛。

他抬腕看了看时间，赶上那趟火车的时间绰绰有余，不过，他已经打算好了，等到了火车站，他再谎告母亲，火车票买不到了，让她等几天再回去。他想好了，明天，对，就是明天，他和妻子、儿子一起，陪老母亲来西湖边逛一逛，散散步，坐坐游船，在湖心岛吃一碗西湖藕粉，再来一盘西湖醋鱼……他要让母亲真正地游历一次西湖。

第六辑

在行走中长大

这样一个午后，一个陌生的中年男人，因为他怀里紧紧抱着的一大堆书，让我眼前一亮。站在他身边等待过马路的人，也看到了他怀抱的书，扭头好奇地看着他，但很快，他们就将目光转移到了大街上，街头的人们，衣着光鲜，神色匆匆，每个人都怀揣着各自的故事，各奔东西。

最后一课

若干年后，小学生戈舟记忆里的最后一课一定是这样的：大雨天，一条小狗闯进了他们的教室。“它让我接近结尾的小学生活，添上了一抹如彩虹般绚烂的美好回忆。”小学六年级学生戈舟，在他的作文里这样写道。

六月的杭州，大雨倾盆。早晨，在孩子们琅琅的读书声中，一条浑身湿漉漉的小狗，突然闯进了教室。胖嘟嘟的小狗似乎一点也不怕生，它蹭蹭一只桌腿，又嗅嗅一个孩子的鞋，摇着小尾巴，在教室里欢快地跑来跑去。

因为这个不速之客的到来，教室里一下子炸开了锅。它是从哪儿来的，又怎么会跑进他们的教室？孩子们放下书本，好奇地看着它，议论纷纷。

年轻的老师也放下了手上的语文书。还有一个多星期，就要进行毕业考了，她带的这届学生，就要小学毕业，离开她了。虽然小学升初中并不以考试成绩衡量，但她还是希望她的学生们，都能以优异的成绩，为小学阶段画上圆满的句号。这些天，正是最后的复习阶段，只剩下最后几堂语文课了，每一堂课都很重要，可是，偏偏在这个时候，教室里却突然闯进了一条小狗，孩子们的目光，一下子都被小狗齐刷刷吸引去了。

怎么办？把小狗赶出教室，继续上课？可是，外面正下着大雨，小狗闯进教室，就是为了躲雨的。把它赶到雨地里，孩子们会怎么想？

看到小狗身上湿漉漉的，老师赶紧先在地上铺了一块小地毯，小狗嗅嗅地毯，乖乖地在地毯上卧下了。看样子，这是一条跑丢了的宠物狗。

老师准备继续上课，可是，孩子们的目光和兴趣，却一点儿也舍不得离开卧在地毯上的小狗，坐在前排的几个孩子，甚至试图伸手去抚摸它。

老师想了想，对孩子们说，这堂语文课，我们改成写作课，同学们就以这个"小客人"为题，写一篇作文，可以是失物招领启事，也可以是一篇小通讯，好不好？

好！没想到一致叫好，连一向最怕写作文的几个同学，也举手赞同。

有个孩子举手说，老师，它是一条宠物狗，所以，应该叫"失宠招领"吧。全班的同学听了都哈哈大笑。就在这阵阵的欢笑声中，一堂有趣的作文课开始了。

"班有来客""狗狗奇遇记""咱们班里的狗孩子"……孩子们埋头在各自的作文本上，写下了五花八门的作文题目。

刘同学在作文中写道："我们永远无法预料到下一秒可能发生的事情，大之可以改变你的命运，小之改变你一个时间段的心情。"

陈同学是这样写的："小狗进教室时，环顾四周，发现没有危险了，它开始摇尾巴，我们瞬间就被小狗狗的姿态萌倒了。"

王同学描绘得有声有色："小狗朝书包叫了几声，仿佛在向书包示威，然后将头扎进书包里。”

戈舟同学则写出了所有孩子的心声：“在今天淅淅沥沥的雨中，我们班迎来了一位可爱的‘不速之客’，我是多么喜欢这个小家伙啊。”在作文的结尾，他发出了这样的感慨，“它让我接近结尾的小学生活，添上了一抹如彩虹般绚烂的美好回忆。”

年轻的老师欣喜地看到，她的学生们，第一次把作文写得这么生动，这么有趣，这么富有想象力，而最让她欣慰的是，在作文里，她读到了孩子们一片片纯真的爱心。

事实上，这并不是孩子们的最后一课，但我相信，这一定是孩子们记忆里印象最深刻的一课，也是若干年后，他们一定都还能清晰地记住的最后一课。这一课，主题就叫“爱”。

你在我身边，但我想你了

夜已经深了，妈妈坐在床沿上，叠衣服。女儿忽然穿着睡衣，呼呼地跑了进来，一下子扑进妈妈的怀里。

妈妈吃惊地摸摸女儿的头，乖女儿，是不是做噩梦了？

女儿摇摇头。

妈妈双手捧起女儿的小脸，那是怎么啦？

女儿娇嗔地说，没事，我、我就是想你了。

妈妈笑了，傻丫头，妈妈不是在家吗，就在你身边啊，想什么想？

女儿把头深深地埋进妈妈的怀里，我知道你在家里，但我就是想你了嘛。

妈妈紧紧地抱住女儿。

这是我的一位同事，在微信朋友圈里晒的故事。同事说，自从女儿出生以来，她就很少和女儿分开，可是，已经六岁多的女儿，还是会经常突然地跑到她的身边，一把抱住她，对她说，她想她了。自己明明就在女儿身边啊，女儿为什么还会想她呢？

有人点赞说，我知道你就在我身边，但我还是忍不住想你了。这个想念，是世界上最真诚、最朴素、最感人的想念。

其实，不独孩子，有时候，我们也会突然特别想念就在我们身边的某个人。那种想念，与距离无关。

父亲在世的时候，只从安徽老家来过杭州一次。那时候，他其实已经重病缠身，只是还没有检查出来。我们租的小房子，只有两个房间，父亲来了后，孩子就和我们暂时睡在一起，另一个房间让父亲住。

那天晚上，已经睡下的我，不知道为什么，躺在床上就是睡不着，脑海里浮现的，都是小时候的事情：父亲牵着我的手，第一次送我去邻村上学；我因为放鸭子，丢了5只鸭，父亲在水稻田里四处寻找的身影；有年春节，父亲骑着自行车带我去亲戚家拜年，坐在后座上的我，一只脚不小心卷进了后车轮，父亲赶紧停下来，手忙脚乱地将我的脚从车轮里拔出来，心疼地搓啊，搓啊……

自从上大学后，我和父亲的相聚越来越少了，后来我又从安徽来到了杭州工作，就更难得回家了。他把这个唯一的儿子抚养大，培养成人，却难得见上一面。

我突然无比地想念他，而他，此刻就睡在隔壁另一个房间，他就在我身边。我终于忍不住，披衣起床，蹑手蹑脚地推开了另一个房间的门。我不确定他有没有熟睡，我不想打扰到他，只想悄悄看一眼他。我知道，如果不看他一眼，这一夜，我将无法入眠。

没想到，父亲披着上衣，斜靠在床头，他也没有睡着。见我进来，他轻声问，还没睡啊？

我点点头。我无法说出口，我只是想他了，我进来就是为了看他一眼。我说，我找个东西。我装作找东西的样子，在书架上翻了几下，随便找了一本书。

找到了？父亲问。

我点点头。

父亲想说什么的样子，又咽了回去。你明天还要上班，赶紧去睡吧。

我说，没关系，反正您也还没睡，我陪您坐坐。

我坐在了父亲的床头。

我们像以往一样，只是那么安静地坐着，偶尔说几句无关紧要的话。我遗传了父亲木讷的性格，我们爷俩在一起的时候，能说的话并不多。

父亲倚靠在床头，我坐在他的身边。我们就那么坐着。五分钟，也许八分钟，也许更长一点时间。我只是偶尔看他一眼。有时，和他的目光撞在一起。

那是父亲唯一一次来杭州，来我在杭州的家。

在父亲去世多年之后，我仍然会时时自责，为什么那晚我不告诉他，我并不是要找什么东西，我只是想他了，我就是想过来看他一眼。我没有说，我说不出口。

我从来没有对父亲说过，我想他了。没有。无论是当面，还是电话里，我都无法开口说想他。就像他也从没有说过，他想我了。而我是真的经常想他，特别是那一晚，他就在我身边，但我突然特别地想他，无法遏止。

现在，我只剩下思念。除了照片，我再也见不到他了。

如果他能听见，我一定要对着他的照片，告诉他，爸，我想你了！

·抱书行走的人

路口，红灯。对面的斑马线上，也站着一群等待过马路的人。远远地看见了他，一个中年男人，怀里抱着一大摞书，看起来书有点沉，他的腰微微地弯曲。忍不住多看了他几眼。站在他身边的人，有人挎着时尚的皮包，有人拎着装满东西的袋子，有人拖着行李箱，有人双手插在裤兜里，有人举着手机打电话……他抱着一摞书，显得很另类。

很久没有看到这样的情景了，除了在校园里，看到背着沉甸甸的书包，怀里还抱着书的学生之外。如今，谁还会抱着一大摞书，出现在热闹嘈杂的街头？他是刚从书店买的书吗，还是从附近的图书馆借的？或者是从办公室里，准备搬回家的？不知道。这样一个午后，一个陌生的中年男人，因为他怀里紧紧抱着的一大堆书，让我眼前一亮。站在他身边等待过马路的人，也看到了他怀抱的书，扭头好奇地看着他，但很快，他们就将目光转移到了大街上，街头的人们，衣着光鲜，神色匆匆，每个人都怀揣着各自的故事，各奔东西。

绿灯亮了，斑马线两边的人，快速地向自己的对面走去。在与他擦肩而过的时候，我瞥了一眼他怀中的书，有新书，也有翻卷了封面的旧书,来不及看清都是些什么书。很快,他淹没在人流中。

我已经有半年没有走进过书店了,已经有一年多没有跨进过图书馆的大门了。在装修新居时,我特地挤出了一间房子做书房,还买来了一只气派的书柜,里面摆满了我以前读过的书,不过,除了有时候躲进书房抽一根烟之外,我已经很久没有打开书柜的门了。

我的很多朋友和熟人,与我一样。但是,偶尔,我还是会看到怀里抱着书的人,就像今天我邂逅的这个中年男人。

有一次,在小区门口,遇到一位楼下的邻居,怀里抱着一大摞书,像一堆积木一样,走得摇摇晃晃。忽然,最上面的几本书,倾斜了,就要掉下来,她慌乱地用下巴去抵住,这使得其他的书,也跟着往下滑,"哗啦啦——"她怀里的书,全都滑落到了地上。她沮丧地一本本去捡。我赶紧快走几步,去帮她。她张开双臂,我将书一本本叠加到她的手上。问她,需要我帮你搬回去吗?她笑着摇摇头。我感叹,买了这么多书啊?她的脸莫名地一红,忙解释,其实大多是买给孩子学习用的。她家住一楼,我经常能从阳台上看到她坐在院子里,手里拿着一本书。重新抱好书,她小心翼翼地往小区里走,从她的背影,一点也看不出她怀里抱着的,竟是十几本书,倒像是抱着一个孩子。

还有一次,是在一辆公共汽车上,乘客不多。上来一个青年,怀里抱着一摞书,走到一个座位边,却没有坐下,而是将怀中的书,整齐地放在了座位上,自己站在座位边。还有空位子,他本可以再找一个座位坐下的,却不,就那么站着,随着车的颠簸,不时地弯下身,将快要倾倒的书们扶正。几站之后,他轻轻地将书抱了起来,下车,他的动作那么轻柔、飘逸。

我有时会奇怪地想,他们为什么不找个袋子,将书装起来呢,那样拎起来可就方便多了。也许很多拎着包和袋子的人，他们的包或者袋子里，也装满了书？有一次我陪儿子去书店，买了几本书，付完款后，工作人员给了他一只塑料袋子，儿子没要，他将书抱在了怀里。我问他为什么不用袋子拎？儿子说，习惯了。他是个高中生。又补充一句，抱着书，能闻到书香。不信你试试？

不用试。我也抱过书，从图书馆到寝室，从书店到家，从一个单位到另一个单位。只是那是久远以前的事了。现在，我已经习惯拎着包，包里揣着手机、钱包、钥匙、香烟和名片。

偶尔看到抱着书在大街上行走的人，他们走过我们身边，带起一阵风，风里有书的淡香。

老糊涂

她对子女们说，你爸爸真是老糊涂了。

自从 75 岁那年生了一场大病后，他的记忆力就每况愈下，最糟糕的时候，他连她是谁都认不出来了。经过一段时间的治疗和调养，状况有所改变，他的记忆慢慢恢复。但是，在她看来，他还是越来越糊涂了，最经典的一个证据是，他老是以为女儿比儿子大，还经常把外孙当成孙子，每次看到孙子又喊外孙的名字。

星期天，女儿回家看望他们。老太太在厨房里面张罗着晚饭，女儿要进去帮忙，却被他一把拉到房间，他关上门，神秘地对女儿说，你妈有外遇了。

女儿吓了一跳，妈都快 80 岁了，怎么可能还有外遇？

我有证据。他从怀里掏出一个小本子，一边翻，一边说，我都记下了呢。

翻到一页，他说，你妈经常一个人躲在房间里偷看照片。说着，从床头柜里拿出一个发黄的影集，打开第一页，上面只贴着一个两寸大的加彩照片，油彩已经有点斑白。就是这个人。他说。女儿伸头瞅了瞅，乐了，爸，这不是你自己吗？我很小的时候，就有这张照片了，那时候你还在福建当兵，有一年过年，你答应回来探亲的，后来部队有战备任务，你没回来，就拍了这张照片寄回来。妈最喜欢你这张照片了。

他挠了挠头皮，真的是这样啊？我想不起来了。

他继续翻小本子。我还有证据。他说，你妈最近越来越喜欢打扮了，老来俏，还总是穿着那件红毛衣，我估计一定是谁送给她的。

你是说妈身上穿的那件吗？女儿朝厨房的方向努了努嘴，爸，你忘了啊，妈妈一直喜欢穿红色的毛衣啊。我听妈说过，你们第一次见面的时候，是早春的一天，那时候妈的娘家太穷，没有一件像样的衣服，就跟村里的姐妹借了一件毛衣穿上，红色的。妈说，她穿着红色的毛衣，特别好看，那是她第一次穿红色的毛衣。后来，你不知道从哪得知，妈妈的毛衣是跟别人借的，心疼得不得了，就利用晚上的时间，跑到一个砖窑场帮人家烧窑，干了几个月，攒了十几块钱，买了2斤红毛线，送给妈妈。妈妈和你结婚的时候，穿的就是用你送的毛线打的毛衣。我记得小的时候，妈妈还用她那件毛衣拆下来的毛线，帮我打了一件红毛衣，我长大后，妈妈将那件毛衣拆了，又加了些新毛线，给自己打了件毛衣。妈妈现在身上穿的那件红毛衣，有一半的线，都是从旧毛衣上拆下来的。

听了女儿的话，他皱着眉头，回想。半晌，摇摇头说，一点也想不起来了。

他继续翻他的小本子。我还有别的疑点，他说，你妈最近还老是喜欢唱歌，经常一边干活，一边哼，我仔细听了，终于听出了门道，是一首老情歌，哼，你妈肯定是有什么相好的了，不然，怎么会这么开心？

女儿笑着说，爸，那你唱给我听听呗。

他犹疑了一下，慢慢哼唱起来："走进麦子冲，麦苗黄冬冬，那边来个美相公，扯着奴不松。越扯越慌张，再扯骂你娘，谁家养个小儿郎，调戏二姑娘……”

女儿认真地听着他唱，吐字竟然都很清晰。他唱完了，女儿拍着手说，爸，你唱得真好听，跟你以前唱得一样好听。

他诧异地看着女儿，我不会唱，是最近一天到晚听你妈哼哼唧唧，我才会的。

女儿笑弯了腰，爸，你会唱的，小时候，你一在外面遇到什么开心事，回到家就会一边喝酒，一边唱。我告诉你吧，你住院那些天，妈天天在病床边唱给你听，就是这首歌。医生说了，正是这首老歌，帮你恢复了不少记忆呢。

他将信将疑，我知道你是帮你妈打圆场，反正我告诉你，你妈一定是有外遇了，你们小心点。

父女俩正说着话，外面传来了老太太的喊声，吃饭喽。

我跟你说的话，别告诉你妈啊。他一边开门，一边叮嘱女儿，你妈累了一辈子，就让她开心几天吧。

来到饭桌边，老太太问女儿，你爸又和你瞎扯什么啊？

女儿笑嘻嘻地说，爸吃醋了。

吃醋？她看着他，你吃谁的醋啊？

他白了她一眼，一旁的女儿抢话说，爸吃他自己的醋呢。

你真是老糊涂了。她给他盛了一碗热汤，先喝一碗汤吧，暖暖胃。

餐厅里，飘荡着饭菜的香味，那是生活的气息。

锅留余香

朋友来家小住。第二天晨起,准备早餐,朋友卷起袖子说,鸡蛋我来煎。朋友算是个美食家,也就不客气,让他露一手。

大火将铁锅烧热,改小火,再倒入菜籽油。朋友说,这样煎的鸡蛋不粘锅。

油香弥散。朋友忽然笑吟吟说,我能猜出你们昨天吃的菜。

怎么可能?说出来听听。

朋友眯着眼睛,吸气。说,有芹菜。

我点点头。昨晚还真做了一道芹菜炒肉丝。是香芹,脆而香。

朋友又说,是不是还有葱爆鱼?

简直神了。这是妻子最喜欢的一道菜,也是我常做的一道菜。

朋友闭着眼睛,缓缓地吸气,轻轻摇晃着脑袋,说,如果我没猜错的话,前一两天,你们还应该吃过羊肉。

我笑问他,你是怎么猜出来的?

朋友笑着说,不是猜,是闻出来的。准确地说,是你家的这只铁锅,告诉我的。

我有点难为情地说，每烧一道菜，我都洗锅的，而且，洗得很干净，很彻底。我解释说，除了卫生外，还怕串味。

朋友乐了，你洗得再干净也没用，因为，锅会留下余香。

锅留余香，那是我第一次听到这个词。在朋友的引导下，我也闭上眼睛，尝试着嗅嗅看。从铁锅里冒出的热气，丝丝缕缕，飘散在空中，细辨，果然有隐隐的芹菜香；再辨，确有葱香，还有一股淡淡的鱼香。那气味仿佛是层层叠叠的，一层比一层淡，一层比一层飘渺，它们纠缠、裹挟、弥漫在一起，升腾，翻转，飘散，若隐若现，似有还无。

朋友一边煎着鸡蛋，一边继续跟我说着话。他说，从一只锅里，你大致能看出一家人的生活。殷实的人家，锅往往也是滋润的，油润、饱满、亮泽。这样的锅，往火上一架，烧热了，就会弥漫出极丰富的气味来，锅里积攒的各种食物的香气，蹿腾而出，如重峦叠嶂，如春花烂漫。但它们是有质感的，也是有层次的，你拂一缕热气过来，细闻，就能辨别出隐藏其中的食物的香味。日子清苦的人家，或喜欢清淡口味的人家，那锅也往往是淡薄的，清亮、淡雅、单调，多的是蔬菜的清香，而少有荤菜的重味。

朋友说，一个不常开伙的人家，那锅，就像久未润泽的沙地，枯而干涩，当它偶尔被加热使用，你几乎嗅不到食材的香气，只剩下生铁的味道。偶尔渗入铁锅中的食物的香味，早被铁锈覆盖了，氧化了。那不是生活应有的滋味。

与之截然相反的，是饭店里的锅。它们盛载了太多的食材，一层一层地叠加，一层一层地覆盖，日积月累，混杂，厚积，油腻，你能闻到的，与饭店的排烟口冒出的浓烈的气味一样，让人有点腻烦，有点意乱。厨师一般都用钢丝球洗锅，希望能把锅洗得彻底些，但他永远洗不掉锅里大杂烩的气息。

朋友煎好了鸡蛋，笑着说，现在，你的锅里留下了蛋香。无论你怎么洗，当你做下一道菜时，你都能闻到它的香味。

朋友又意味深长地加了一句，锅留余香。我们的人生就像一口锅，你炒过什么菜，你走过什么样的路，就会留下什么样的人生滋味，经久不散。

让孩子懂得"舍"

节日，爸爸精心准备了三件礼物，让孩子挑选。

一件礼物是游玩海洋公园，另一件是一双漂亮的新跑鞋，还有一件礼物，是半天的自由时间，想怎么支配就怎么支配。

孩子犹豫不决。海洋公园是孩子一直想去游玩的地方，新跑鞋更是孩子梦寐以求了很久的，至于第三个礼物，完全出乎孩子的意料，竟然可以完全自由地支配半天的时间，这是孩子自打上学以来，想都不敢想的一件事情。孩子当然三样礼物都想要，可是，爸爸有言在先，这个节日，只能得到一件礼物。他必须在三件礼物之间做出取舍。

孩子最终艰难地做出了自己的选择，他得到了一双漂亮的新跑鞋。但这也意味着，这个节日，他不能去公园玩了，也没有自由时间可以看电视玩电脑了。孩子心甘情愿地回到自己的房间，看书做作业去了。

很欣赏这位父亲的做法，让孩子自己选择，在得到的同时，学会舍弃。

现在的孩子，得到的东西太多了，只要孩子有什么需求，大多能够得到及时的满足。想吃好吃的，妈妈马上去做；看中了什么新衣裳，爷爷奶奶赶紧去买；去年才买的书包，今年又出了新款，只要努努嘴，外公外婆会立即送上门。父母长辈对孩子的要求很简单，你就乖乖地学习，把成绩搞上去了，想得到什么，我们都满足你。

太容易得到的东西，孩子反而不懂得珍惜。有的衣服，才穿过几次，嫌过时了，不好看了，就弃之不要；一眼看中的玩具，买回来，没玩几次，厌倦了，随手扔进角落；嫌削铅笔费事，一支铅笔，只用了几次，就不肯再用了，弄得家里到处都是大半截的铅笔。你有没有发现孩子身上的这些小毛病？这都是因为当初得到这一切时，太容易了。

而更大的忧患是，若孩子的要求总能得到轻而易举的满足，久而久之，他的脑袋瓜里，压根就没有了“舍”的概念，认为只要是自己想要的，就理所当然地应该得到。一旦某一次未能得到自己想要的东西，或自己的目的没有实现，他就会抱怨，发牢骚，抗拒，甚至哭闹，直到他的要求得到满足。

孩子不合理的要求，当然不应该得到满足，即使是合理的要求，也不宜全部满足，或无条件地满足。天上会掉馅饼吗？不会。那么，馅饼是哪儿来的？是父母长辈给予的。你想得到这个馅饼，可以，但你必须有所付出，搞好学习是一方面，力所能及地帮助父母做一些家务，把自己的事情处理好，也是一种付出。而且，应让孩子明白，你要得到这个“馅饼”，就应该学会放弃另一些“馅饼”，有所得，就必须有所舍。而不能一味地满足。

很多孩子都有贪玩的毛病，那就要让孩子知道，你玩的时间多了，就可能要牺牲睡觉休息的时间来弥补，因为你的作业必须完成。沉迷于电视电脑的诱惑，得到一时的快乐，就可能要面对父母老师的批评和成绩下滑的代价。

没有人什么都能得到，也没有人可以永无止境地获得满足。很多时候，你得到了A，可能就失去了B；你今天舍弃了B，明天反而可能得到了A。只有懂得舍弃的人，才会得到他真正想得到的东西，也才会珍惜现在所拥有的一切。

一个不懂得舍弃的人，往往很难抓住重点，不知道自己真正需要的是什么，这个也想要，那个也想据为己有，最终反而无所适从，不得要领，甚而两手空空。一个有趣的现象是，每年高考填志愿的时候，在众多的招生学校和专业面前，不少孩子会感到眼花缭乱，茫然无措，只好完全听由父母或老师做主，最后进了自己不了解的学校，选了自己不喜欢的专业，铸成一生的憾事，其很大的一个原因是，孩子从小就不懂得取舍，没能在舍和得之间，果断而正确地做出自己的抉择。

舍弃一时之快，是为了终身受益；舍弃眼前的小利，是为了得到长久的累累收获。这个简单的道理，应该让孩子从小就明白，学会从纷繁的诱惑中，甄别自己真正想得到的，以及必须坚决舍弃的。

只有舍弃了虚假的短暂的欢乐，才能得到真正的持久的快乐。这就是人生。

一家之最

儿子最喜欢看的电视节目，是挑战吉尼斯世界纪录。那天，和儿子一起看完一档挑战节目后，我对儿子说，不如我们也来挑战一下，找找我们家的“之最”，看谁列举的最多。

儿子摇头晃脑，这还不简单？张口就来：我们家，长得最快的人，是我。你和老妈，早就停止生长了，而奶奶的个子，反而越长越矮了；我们家最帅的人，是我。你看我的头发，多有型，我的衣服，可都是名牌；我们家最可爱的人，是我。从小到大，大人都夸我可爱；我们家最……

我微笑地看着儿子。儿子，你说的一点没错，你是我们家长得最快的人，你是我们家最帅的人，你是我们家最可爱的人……可是，怎么觉着哪里有点不对劲呢？儿子说的，都是他自己。意识到这个问题，我找了几个话题，引导儿子。

我们家每天起得最早的人是谁？

儿子想了想，我每天起床的时候，你和妈妈、奶奶都已经起来了，我不知道你们谁起得最早。

我告诉儿子，是妈妈。每天，天还没亮，妈妈就第一个起床了，我们早上吃的豆浆、煎鸡蛋、煮稀饭，都是妈妈一大早起来准备的。

我们家每天睡得最晚的人是谁？

儿子摇摇头，我只知道，每天晚上，我是睡得最早的人。

对，你是睡得最早的人，这也是我们家之最。我们家睡得最晚的人，一般情况下，是我。晚上，看看书，写写文章，时间就到半夜了，我会检查一下门窗是否关牢，厨房里的煤气灶有没有关好，阳台上的衣服是不是都收进来了，天冷的话，我还会到你的房间，看看你的被子有没有盖好……忙完了这一切，我才能放心地睡觉。不过，也有很多时候，是你妈妈最后一个睡觉。比如你每次开学前，考试前，妈妈总是兴奋得睡不着；还有你身体不舒服的时候，妈妈常常整夜不合眼，坐在你的床头，似乎这样就能减轻你的病痛似的。

儿子的神情变凝重了，以前，他对这一切，几乎一无所知。我摸摸儿子的头，我们再一起找一找，我们家还有哪些之最？很快，儿子又找到了很多之最——

我们家吃饭最慢的人是奶奶，她总是最后一个吃完，而且，她特别喜欢把碟子里的一点盛菜，全部拨拉到自己的碗里。

摆在我面前的菜，永远是我们家那顿饭中，最有营养、味道最好的菜。

妈妈是我们家洗碗最多的人，她一天至少要洗40多只碗碟，她每年洗的碗碟可以供4000人同时就餐。

我们家最有力气的人是爸爸，他可以将我和妈妈同时背起来，手里还拎着我们刚从超市买回来的物品；不过，我们家最有力量的人却是妈妈，她只要用手轻轻一指，爸爸就乖乖地过来了；但是，我们家最有潜力的人却是我，爸爸常常开玩笑说，他老了，就要我背他了。我一定会背他的，这可不是玩笑。

我们家吃药最多的人是奶奶。她有高血压，眼睛也不好，还常常失眠、感冒，每天都要吃下好多种药片。如果有一种神奇的药片，能治疗奶奶所有的病，就好了。

我们家最怕热的人是我，夏天，我天天晚上要开空调才能睡着；我们家最不怕热的人是奶奶，她从来不肯开空调，哪怕再热，她也是摇着蒲扇睡觉。爸爸说，奶奶是因为舍不得电费。所以，奶奶又是我们家最节约的人……

在我的启发下，儿子找出了很多之最。

这只是我们玩的一个趣味游戏，但你会惊奇地发现，在每一个“最”的后面，都站着我们的一个亲人，自始至终，无怨无悔地照顾我们，呵护我们，关爱我们。每一个“最”的里面，都饱含着无尽的亲情和爱。而这，正是我想告诉儿子的。像所有的孩子一样，他是我们家的最大希望，我希望他健康成长。

书香长存

朋友老席的书店，要关门了。

这是我常去的一家书店，不大，只有几排书柜，以文艺类为主。书店已开了二十几年，开业之初，是它的最好的年代，不过，和那个时代一样，它的好年华也一去不复返了。尤其最近几年，网上书店兴盛，像它这样小规模的实体书店，生存的空间日渐逼仄，老席惨淡经营着，终于熬不下去了，老席贴出告示，即将关门歇业。

微信朋友圈里，很快就有人转发了这条消息。这个圈子，大多是爱书的人，大家唏嘘不已。

老席这个书店，本可以生存更久一点的。

书店有两层，但摆书卖书的，却只有一层，二层被老席拿来摆了几张椅子和茶几，成了一个简易的茶楼，但凡朋友来，买不买书，都被老席邀上楼，品几杯苦茶，聊聊最近读的书。偶有新顾客，老席觉得对路，也会邀上楼，喝杯茶，聊几句。二层就这样闲着，如果也摆上书柜，多一些品种，生意或可兴隆一些。

老席的书店，还可以有另一条路。这些年，各种教辅材料卖得特别火，而且利润很高，有人游说老席，也不妨辟出一小块地方，兼卖教辅材料，以贴补亏损。老席却断然拒绝。以为老席是怕卖教辅材料，毁了书店的品位，老席摇着头说，那些所谓的教辅材料，大多是编编摘摘拼凑而成，卖这样的东西，岂不是误人子弟？这种钱，我不挣。

老席的书店，终至入不敷出，不得不歇业了。

书店眼看没了，我们这帮朋友的心，也跟着空落落。有人在微信朋友圈倡议，大家都去书店买几本书，帮老席一把，或可挽救书店于危难。

老席终于在朋友圈发声了，谢了大家的美意，表示书店已苦撑了这么多年，实在是撑不下去了，才不得不关门歇业。

老席说，他已将书店的书整理分类，一类是大众读物，一类是专业性比较强的书。前者已打包，不再对外出售；后者将打折处理，可以购买，朋友们也可以拿自己的藏书来抵价交换，但有个条件，就是拿来交换的书，必须是适合中小学生阅读的。

在大家的再三追问下，老席才说明了他的打算：那些打包的书，以及接下来朋友们拿来交换的书，将一起赠送给一家民工子弟学校，他将用这些书，办一所小型图书馆。老席说，开了这么多年的书店，终于撑不下去了，心里当然很难受。书店一直勉强为继，但因为开书店而读了很多书，结交了很多爱书的朋友，还是非常值得的。存下来的这些书，就是他的收益，他不想靠朋友们的帮忙，把这些书变现，而更希望这些书，能继续滋养他人。

一个书店倒了，一个图书馆建起来了，书香永存，我明白了老席的心意。

我从自己的书柜里，挑选了一小捆书，明天就去老席的书店，最后看一眼伴了我们很多年的书店，再嗅一嗅那弥久不散的书香。

信　赖

黄昏,几个男孩子,在小区的草地上玩耍,不时听到他们快乐的叫声。

一个胖胖的男孩,拘谨地站在一边。他们不带他玩,因为他是“傻子”。有时候,他们的球踢到路那头了,他们就喊他:“傻子,帮我们去把球捡回来。”他就像得到命令的士兵一样,乐呵呵地跑去捡球。球捡回来后,他们继续玩,他则张着嘴巴,站在一边有滋有味观看。偶尔帮他们捡下球,或者帮他们递下饮料。他很乐意做这一切。

男孩子们玩倦了。有个男孩提议,玩背摔吧。就是一个男孩往后摔下去,另外几个男孩用手臂搭成梯接住。大家轮流来做,比比谁最勇敢。

提议的男孩先做。男孩站在一个小土坡上,闭上眼,身体笔直地向后倒去。在即将完全倒下的时候,另外几个男孩的手臂,牢牢地将他接住了。

大家齐声喊好。“傻子”羡慕地看着他们,兴奋地哇哇直叫。

又一个男孩站了上去,在往后倒之前,不放心地回头对伙伴说,你们千万接住哦,别丢手啊!众人答应。男孩犹豫着,慢慢倒了下去。

又是一阵掌声。"傻子"崇拜地看着他们,拼命地拍手。

男孩们一个接一个站在土坡上,勇敢地往后摔倒。在即将倒地的瞬间,被伙伴们牢牢地安全地接住。

有个男孩忽然看了一眼站在一边的"傻子",然后,和其他几个孩子嘀咕了几句什么。男孩们向"傻子"招手,示意他过去,问他,你愿意来做一次吗?

"傻子"不相信地张大了嘴巴,激动得连连点头。

"傻子"学着他们的样子,站在了土坡上。然后,在众人"一二三"的呼喊声中,毫不犹豫地向后倒去。

站在他身后的男孩子们,突然抽回手,一哄而散。"傻子"胖胖的身躯,重重地摔在了草地上。

片刻的沉静。"傻子"哇哇哭了起来。

从附近的居民楼上,飞快地跑下一个中年男人。他是"傻子"的爸爸。刚才,他站在自家的阳台上,目睹了这一切。

男孩子们吓得四处逃散。

都是一个小区的孩子,"傻子"的爸爸认识他们。

晚上,"傻子"的爸爸一家一家去敲门。男孩子们看到"傻子"的爸爸找上门来,都吓得躲进房间,不敢出来。他们想,完了,"傻子"的爸爸一定是来找家长告状的。

"傻子"的爸爸一遍遍地向男孩的家长说明事情的经过,家长们听了之后,一边向"傻子"的爸爸道歉,一边就要将孩子揪出来揍一顿。"傻子"的爸爸阻止了他们。他对他们说,自己只有一个请求,就是请你们的孩子明天晚上再到草地上,和自己的孩子玩一次背摔游戏。家长和孩子们都答应了"傻子"的爸爸。

第二天黄昏,几个男孩子又聚集到小区的草地上。“傻子”和他的爸爸,也过来了。看到男孩子们,“傻子”往爸爸的身后缩了缩。

男孩子们继续玩背摔游戏。最后一个,轮到了“傻子”。

“傻子”躲在爸爸的身后。爸爸蹲下来,和他交流。男孩子们也鼓励他再玩一次,并承诺绝不逃开,绝不松手。

“傻子”迟疑地站在了土坡上。“一二三”,在爸爸和众人的鼓励声中,“傻子”闭上眼睛,慢慢地向后倒去。

众人的手,稳稳地接住了“傻子”。在众人的臂弯中,“傻子”哈哈大笑。

“傻子”的爸爸搂着儿子的头,激动地对男孩子们说,谢谢,谢谢你们还给他信赖。

请你帮帮我

车子停在学校路边，我打开收音机，一边听音乐，一边等儿子放学。接送儿子上学，是我每天的"功课"。

有人敲窗户，一张陌生的面孔。将窗户按下了一点。问他，什么事？

他隔着窗户缝，怯怯地挤进一点声音，你可以帮帮我吗？

看他的穿着，还算整齐，不像是乞丐啊。

见我未置可否，他咽了口唾液，继续说，是这样的，我是从外地来找工作的，一家公司答应我一周后来面试。我刚才到车站，准备先乘车回老家，一个星期后再来，可是，可是……

说到这儿，他忽然有点结结巴巴起来。其实，我已经听明白了，接下来他一定会告诉我在车站遭扒手了，连回家的路费都没了。果然，喏喏了半天，他终于好像鼓足了勇气似的，说他的钱包在附近的车站被偷了，钱虽然不多，但是，现在连回家的路费都没了。

老掉牙的伎俩，但他的"演技"不错，一脸腼腆的样子，显得很真实。"大哥，请你相信我，请你帮帮我，借我一点路费，我一周后一定回来还你。"隔着车窗，他的声音说得很急，有点发颤。

我当然不会被这么幼稚的骗术骗倒。看他一脸诚恳(虽然那是伪装出来的),我也不想戳穿他。我摊摊手,故作无奈地说,可是,不巧我今天身上也没带什么钱。我故意在车上放零钱的盒子里一阵乱翻,“这样吧,这点零钱,你先拿去,买点吃的吧,别的我也帮不上你什么忙。”我将卷在一起的几张零钞从车窗缝塞出去,递给他。

他却没接,脸涨得通红。

“嫌少啊?!”我有点生气了。明明一个骗子,我不戳穿你还白送你几块钱,还不知足?真不识好歹!

见我生气了,他犹豫地接过了钱。“大哥,谢谢你。我一定还你。”

我心里直好笑,几块钱,还什么啊,再说,鬼才相信呢,要相信你,我就真借你路费了。

他朝我点点头,一脸涨红地走了。从后视镜里,我看到他好像还回了下头。

我摇摇头,一个年轻人,干点什么不好,靠骗。如今有些人哪,真是可怜,可气,可嫌!

第二天,我出了一趟差。十几天后,出差回来了,我又周而复始,每天准时接送儿子上学。

车子停在学校路边,我打开收音机,一边听音乐,一边等儿子放学。

有人敲窗户,一张陌生的面孔。将窗户按下了一点。问他,什么事?

“大哥,可等到你了,你不记得我了?”见我一脸疑惑,陌生人激动地说:“十三天前,就是你借我路费的啊!”

哦,想起来了,那个小骗子!我笑了,“怎么,又被偷了?”

“大哥说笑话呢,我是来还你钱的。”陌生人说着,从口袋里掏出一个信封,从车窗缝塞进来,“103 元,大哥你点点,你可帮了我大忙了。”

“别，别……”我一时转不过来，太意外了，想不到他还真还钱来了，但是，我记得只给了你几块钱啊。

“是三张一元的，一张一百元的，大哥，绝对没错。”他的脸又涨得通红，“其实，我回家的路费只要三十几元就够了，你却借了我那么多。大哥，你真是个好人。”

我蒙了，难道那几张碎钞里，还真夹了张百元的？瞧我这糊涂的。可是，可是，还有个事情我不明白，你怎么知道在这里能找到我？

“停在这里的车子，一般都是接小孩的，我当时记了你的车牌号，我相信你还会来接小孩的。这不，等了三天，总算等到你了。”陌生人的脸上，露出灿烂的笑容。“大哥，我已经在那家公司上班了呢。”

我的脸却红了。

我打开车窗，伸出手，他也伸出了手。

在行走中长大

临出门，儿子还是决定，穿上那双他最喜欢的运动鞋。这双运动鞋，是他15岁生日时买给他的，花了将近一千元，是我们给他买过的最贵的一双鞋，我和他妈妈都从来没舍得给自己买过这么贵的鞋。儿子也视这双鞋为宝贝，轻易舍不得穿的。这次，他却决意穿上。

我告诉儿子，那是很偏僻的山沟沟，路非常难走，很容易弄脏或者弄破鞋子的。儿子信誓旦旦，他会小心的。

儿子读高中了，这几天放秋假，我决定带他去祖籍看看，我也很久没去过了，顺便去看望几个远方堂兄弟。

坐了几个小时的汽车，又从县城换乘一辆"突突突"的三轮机动车，然后，步行了半个多小时的山路，终于来到了祖居的小山村。

只有大堂哥在家，其他几个堂兄弟，都到城里打工去了。大堂哥领着我们在村里转了一圈，一大帮孩子跟在我们身后看热闹。大堂哥告诉我，这是谁家的孩子，那是谁的娃。他们的父亲我都认识，而他们的面孔，却是完全陌生的。

回到大堂哥家，正闲聊着，一个瘦瘦高高的男孩子，忽然低着头，走了进来。

大堂哥喊住了他，“二柱，这是你城里的叔。”又指指我儿子，“这是你城里的弟。”男孩怯怯地喊了我一声“叔”，又看了眼我儿子，嘴唇动了动，也不知道说的什么。

我拍拍身边的板凳，示意二柱也坐下来。这次带儿子回乡，其中的一个目的，就是希望他和老家的孩子们沟通沟通。儿子渐渐长大了，但我总觉得，现在的独生子女太自我，很自私，这一点，与我们小的时候，截然不同。

大堂哥说，二柱在县城里的高中上高二，每个月回来一次，昨天刚从学校回来的。在县城读书，开销大，这几年家里的条件也不好，你嫂子身子有病，我就不能出去打工，只能靠庄稼地里抠点钱。

听着父亲的话，二柱不停地搓着手掌，看得出，他有点紧张。他与他的父亲——我的大堂哥，多么相像啊，简直就是一个翻版，我眼前的时光，好像回到了很久以前。我上下打量着他，我的眼光，惊诧地停留在了他的双脚上，他竟然赤着双脚，脚上沾着一层浮灰。而边上，儿子的新款运动鞋，显得特别刺目。

二柱好像察觉到了我的目光，双脚往后缩。儿子的鞋，似乎也往后缩了缩。两个孩子，也许也都感觉到了他们的不同，并为此不安。

儿子忽然站起来，走到二柱面前，伸出手：“走，我们俩玩去。”

看着两个孩子的背影，我和大堂哥相视一笑，很多年前，大堂哥是我们这帮孩子的头。

两个孩子很快熟悉了，不时能听见他们爽朗的笑声。

大堂哥告诉我，家里条件差，苦了孩子，每次从县城回家，舍不得坐车，都是走回来的。几十里山路啊，一走就是好几个小时啊。大堂哥说,有一次他赶集回来,路上碰到儿子,手里拎着鞋,光着脚走。我知道他是怕石子磨破了鞋子啊。他穿的鞋都是他妈妈给他做的,可是,他妈妈有病,没力气啊,纳双鞋底,要花很长时间。

真没想到,大堂哥一家的生活,过得这么艰难,而大堂哥的儿子二柱,又多么懂事啊。

我和大堂哥又闲聊起村里的情况。

儿子忽然跑了过来,手里拎着一双布鞋,“老爸,我想要哥哥的这双鞋。”

我诧异而愠怒地看着儿子,真是一个不懂事的孩子。

“这双鞋可是纯手工的,哥哥已经答应我了。”儿子兴奋地说。

大堂哥看看我儿子,又看看二柱,“喜欢就拿去吧。”

我真想揍儿子一通。

“老爸,我是拿我的鞋,和哥哥换!哥,你一定得换给我,不能反悔哦。”

这小子一定是吃错药了。

在儿子的软磨硬缠下,我同意儿子的请求,拿他自己的运动鞋换哥哥的布鞋。

儿子高兴地脱下脚上的运动鞋,换上了二柱的布鞋,儿子走几步,很合脚。

告别大堂哥和二柱,我和儿子返城。

路上,我还是忍不住问儿子,怎么想起来用自己的鞋换哥哥的布鞋。

儿子盯着鞋尖,突然抬起头,“哥哥是他们学校篮球队的中锋,可是,连双运动鞋都没有。如果我不换,哥哥会答应要我的运动鞋吗?”

原来是这样。我骤然发现,儿子已经长大了。

有爱抱怨的父母，就有爱抱怨的孩子

“这个语文老师真讨厌，给我们列了这么多课外书目，想把人累死啊。”小倩回到家，一放下书包，嘴里就不停地抱怨。

小倩是朋友老章的女儿，读初二。在老章看来，这个宝贝女儿什么都好，就是爱抱怨。

小倩的成绩还不错，在班里一般都处于中上游。女儿聪明、好学，这让老章很满意，可是，女儿这个爱抱怨的毛病，也让老章耳朵生了茧，有时听了女儿无来由的抱怨，连老章都心烦不已。

班上有几个男同学很调皮，她抱怨：怎么摊上这样的人做同学？

数学老师的普通话讲得不大好，偶尔还会冒出一两个方言，其他同学往往一笑了之，她抱怨：这不是害我们吗，连普通话都说不好。

有一天，作业做得有点晚，她抱怨是钢笔写字不畅，所以才会花了这么长时间都做不完作业。

遇到不会做的题目，她抱怨，什么破题目啊，故意刁难人。

有一次考试考砸了，她愤愤不平地抱怨说，窗子外面有一只不知道哪里飞来的鸟，叫得人心烦意乱，无法集中注意力，所以才会考砸的……

没错,在遇到了一点小挫折的时候,遇到让她看不顺眼的人,自己心情不大好的时候,书来不及看或作业来不及做的时候……她都会抱怨不已,不是这个不好,就是那个影响到了她。

老章倒是清醒地看出了问题的症结:孩子老是抱怨环境,抱怨别人,其实就是想推卸自身的责任,比如孩子学习一直不够专心,不够踏实,也不够勤奋。

可是,孩子为什么会养成爱抱怨的习惯呢?

根子还是出在老章自己身上。

老章算是一个能干且自负的人,但工作这么多年,事业上并未有什么成就,这让老章的心态,也渐渐发生了许多微妙的变化,其中的一个特征就是,爱唠叨、爱抱怨。

与他同时进公司的人,很多人早就被提拔重用了,老章却一直原地踏步,老章回家跟老婆抱怨:领导都瞎了眼,不识货,埋没人才。

年终没评上先进,老章回家气愤地向老婆抱怨:什么狗屁先进,还不是看谁会拉帮结派?

下班遇到堵车,回家晚了,老章一进家门就大声抱怨:到处都是车,乌烟瘴气,气死人了。

老章心情不好,吃饭不香,饭桌上气得把筷子一撂,抱怨老婆,你的菜怎么越烧越难吃了?

家里的下水道又堵了,老章不是赶紧想办法疏通,而是先抱怨一通:这是什么破房子啊,都是豆腐渣。

在老章看来,自己的所有不顺,不是有人故意跟自己过不去,就是让其他人其他事给祸害的,所以,老章整天抱怨天,抱怨地,抱怨人。

可以说,老章的女儿小倩,几乎是在老章的声声抱怨中,慢慢长大的。虽然老章抱怨的人和事，与女儿并无关系，事实上，老章非常心疼这个女儿，从小到大，很少抱怨女儿，但是，在老章的言传身教之下，女儿小倩也不知不觉地濡染了老章的“抱怨基因”，成了一个爱抱怨的孩子。

于丹说过一句话，“扫地是一种习惯，抱怨也是一种习惯”。当抱怨成为一种习惯之后，人就会在遇到任何不顺心、不遂意的时候，都习惯地抱怨别人，而不从自身找寻原因。

经常抱怨的后果则是，心态越来越差，什么时候都是习惯性地从外部找原因，为自己的失败和失意寻找借口。

孩子在成长过程中，难免会遇到这样那样的问题和矛盾，会犯这样那样的失误和错误，有的是客观原因造成的，有的则是自身不足，无端地抱怨和一味地抱怨，只会让孩子将自己置身于问题之外，仿佛所有的问题和矛盾，都是他人造成的，而不是积极地找到并克服自身的弱点和毛病，从而加以改进，完善自身。

与其无益地抱怨，不如从此刻开始，重新来过。

成长的秘密

同事放下电话，对我们说，请大家帮帮忙。

问缘故。同事说，刚刚朋友打电话来说，他的女儿在农贸市场边摆了个地摊，卖莲蓬。同事的朋友偷偷在一边观察，小家伙的摊子已经摆了快一个小时，还没有卖出一个莲蓬。放暑假后，上小学三年级的女儿想磨练磨练自己，于是，昨天从市场上批发了一小袋子莲蓬，自己摆摊卖。小家伙第一次练摊，如果卖不出去的话，打击会很大，所以，想请大家帮个忙，去买上一两个，给孩子一点信心。同事说，小姑娘认识他，自己去买的话会穿帮，只好请我们帮忙。

农贸市场离单位不远，中午休息的时候，我打头阵，去买莲蓬。

正午的太阳很毒。虽然只有两百多米，走过去已汗津津了。远远地看见，农贸市场大门一侧的树阴下，坐着一个小姑娘，面前摆着两摊绿绿的莲蓬。应该就是同事朋友的女儿。

慢慢走过去。路上的行人不多，小姑娘眼巴巴地盯着每一个路过她身边的人。有人扭头看一眼，迟疑了一下，又加快脚步，匆匆走了。小姑娘失望地看看他的背影，又把目光移向下一个行人。

小姑娘看见了我，眼神里充满了期待。不想让她看出我是特意来买莲蓬的，因此，我装作没看见，顾自径直往前走。从小姑娘身边经过的时候，我几乎能听见她屏住的呼吸。走过几步，我突然返身，走到小姑娘的莲蓬前。小姑娘喜出望外地看着我。我蹲下身，问她，莲蓬怎么卖？小姑娘激动地指着左边的莲蓬说，这个小莲蓬，一元钱一个；又指指另一边，这个大一点，二元钱一个。

我各拿起一个莲蓬，比划了一下，一个比另一个只是稍大一点。我对小姑娘说，你看看，这个大不了多少，却要比另一个价格贵一倍，是不是有点不合理？小姑娘羞涩地笑着说，这是我自己分出来的，如果你真想买的话，大的小的都是一元钱。我也笑了，这样的话，别人会只买大的，小的就卖不出去了。我给你出个主意，小的还是一元钱一个，大的两个三元钱，你看怎么样？小姑娘高兴得拍着手，叔叔，你这个主意好，就听你的。我掏出五元钱，买了两个大莲蓬，两个小莲蓬。小姑娘拿出一个小塑料袋，高兴地帮我装了起来。

买好了莲蓬，我并不急着走，继续和小姑娘聊。我问她，这些莲蓬批发来花了多少钱？小姑娘擦了一把脸上的汗珠，告诉我，一袋子 22 元，回家数了数，总共 36 个，其中大一点的 14 个，小的 22 个。顿了顿，小姑娘兴奋地说，如果都能卖出去的话，那就是 43 元，这样的话，我就能赚 21 元。

小姑娘一激动，把她的商业秘密全说出来了。我问她已经卖出去多少了？小姑娘有点沮丧，从早上卖到现在，才卖掉 3 个小的，不过，加上你刚才买的 4 个，总共 7 个了。我好奇地问她，如果都卖掉的话，你赚到的这笔钱你打算做什么？小姑娘眨巴着眼睛，只有 21 元，能干什么呢？我可以加上自己攒下的零花钱，给妈妈买一件礼物。小姑娘告诉我，以前每天爸爸都会给她10元零花钱，但她总觉得太少了，有的同学家长一天给二三十元零花钱呢。今天自己卖莲蓬，才知道爸爸妈妈其实挣钱很不容易的。小姑娘一边说着话，一边用折叠扇，对着莲蓬扇。我笑着问她为什么对着莲蓬扇？小姑娘笑着说，这样它们凉快一点啊。小姑娘晒得红扑扑的脸上，细汗涔涔。

回到单位，我将莲蓬分给同事们品尝。剥下一颗莲子，送进口中，清香，微甜，苦苦的芯子。我们议论着小姑娘卖莲蓬的事情。其实，那些莲蓬最终能不能卖得出去，对她来说，都是一次难得的人生体验，这可能是她离真实的生活最贴近的暑假。

第二位同事准备出发，去买莲蓬了。小姑娘不会知道这一切，这是成长的秘密。

第七辑

早晨从一朵花开始

我们的一天，就是从一朵花开始的。女人腼腆而自豪地说。我到中国已经六七年了，在几个城市生活过，这个习惯，也至今保存着。原来是这样。我由衷地向她们母女点头致谢。小女孩对着树上飞来飞去的小鸟，叽里咕噜说了些什么，然后，拉着母亲的手，往家里走。她是要把这朵花，这个院子，以及这个早晨，都让给那些迫不及待的鸟儿们吧。我也轻轻地从阳台退回房间。我看到众鸟扑棱棱飞进院子，我听见了它们欢快的歌唱，在这个无比清澈、无比美丽的早晨。

煎蛋术

女儿要出嫁了，向母亲学几招过日子的小窍门。

早起，跟着母亲学煎鸡蛋。母亲煎的鸡蛋，好看，呈半椭圆，像上弦月；色白，微焦黄；好吃，外脆内嫩。每天早晨，盘子里都会有三只煎蛋，一家三口一人一只，多少年了，一直是这样。

母亲将平底锅烧热，加油，然后拿起两只鸡蛋，轻轻一磕，一只鸡蛋破了，蛋黄在蛋白的裹挟下，顺势滑入锅中。有意思的是，另一只鸡蛋完好无损。女儿问，要是磕不好，两只鸡蛋同时破了，岂不是一起滑入锅中，搅和在一块了？母亲笑了，傻丫头，用一只鸡蛋去磕另一只鸡蛋，往往是被磕的那只鸡蛋先破了。人也是这样，受伤重的大多是被动的那个人。两口子过日子，要和气，永远不要硬磕硬。女儿笑笑，这就教育上了呢。

待鸡蛋冒出热气，母亲将火拧小，说，火候很关键，火太大，底下很快熟了，焦了，上面却还是生的。炒菜要用大火，炖汤和煎蛋，则必须用小火，急不得。这就像你们小青年，谈恋爱，是大火，火烧火燎，扑都扑不灭；但结了婚，过日子可就是个细活了，像流水，得慢慢过，一天天过，必须用小火。

母亲边说,边拿起筷子,轻轻地将圆圆的蛋黄拨破,黄灿灿的蛋黄,向四周散开,像一层镏金,铺在蛋白上。这是母亲煎蛋与众不同的地方,别人煎的蛋,蛋黄是完整的,高傲地躺在中心。但母亲煎的鸡蛋,蛋黄都均匀地铺散在蛋白中了,平展,白中偏黄,尤其是在入口时,嫩的蛋白,香的蛋黄,混合在一起,爽口,脆香,不腻。母亲说,你小时候不喜欢吃蛋黄,从那时候起,煎蛋时我就将蛋黄搅均匀,煎出来的鸡蛋就分不出蛋白和蛋黄了。原来是这样,女儿抱了抱母亲。

说着话,一面已经煎好了,母亲用筷子轻轻一夹,一抄,给鸡蛋翻了个身,煎另一面。

一只又嫩又白又黄的鸡蛋煎好了。母亲将煎蛋盛入盘中,拿起剩下的两只鸡蛋,轻轻一磕,鸡蛋滑入锅中。这只鸡蛋有点散黄了,筷子轻轻一碰,蛋黄就均匀地铺散开了。

又煎好了一只鸡蛋。母亲拿起最后一只鸡蛋,轻轻地在锅沿上一磕,鸡蛋滑入锅中。

很快,三只鸡蛋都煎好了。女儿端起盛着三只煎蛋的盘子,喊爸爸吃早饭了。

母亲说,慢一点,你知道哪一只鸡蛋是你的,哪一只是爸爸的吗?

女儿不解地看看母亲,又看看盘中的三只煎蛋,随便啦,这有什么分别吗?

母亲点点头。

女儿忽然明白了什么,笑了,用手指着一只煎蛋说,这只一定是我的,因为我每天吃的煎蛋,都是你煎得最好看,也是最好吃的那一只。

母亲点点头,又摇摇头,平时是这样,但今天不是。这只鸡蛋虽然煎得最好看,但它有点散黄了,不太新鲜了,所以这只煎蛋不是给你吃的,而是我的。

女儿动情地看着母亲。那么,哪一只是爸爸的?是最大的这只吗?

母亲又一次点点头,但又摇摇头,没错,你爸爸最辛苦,饭量也最大,因此,他应该吃最大的。但这只煎蛋,看起来最大,只是在煎的时候,摊开得比较大一些,但很薄,其实,另一只更大些,因此,那一只才是你爸爸的。都是我煎的鸡蛋,所以我最清楚,哪一只煎蛋是我们哪个人的。

女儿激动地说,这么说,每天早晨放在我面前的煎鸡蛋,其实你都是有选择的?

母亲反倒有点难为情了,摆摆手,只是个习惯罢了。

女儿的眼睛有点湿。她恍然明白,这个早晨学到的不仅是母亲煎蛋的技术,还有她默默地对这个家庭和每个成员的付出,那才是这么多年来最营养的早餐啊。

地　气

吃过晚饭，我照例到阳台上晃晃，抬头看看远处的夕阳，或者低头看看我们的院子。

没错，是我们的院子。我家住在二楼，但一楼院子里的花香，我能嗅着；长到半人高的石榴树，我伸手能碰着；有风吹过，所有的花花草草都争相和我打着招呼……它可不就是我们的院子吗。

楼下的老王，正在院子的角落，弯腰用铁锹挖着坑。这个老王，是我们的新邻居，搬来才半年多，以前一楼的住户，气哼哼搬走了。也难怪人家生气，好端端的一个院子，到处是散落的烟蒂、瓜子壳、橘子皮，还有牙签什么的，那都是从一层层的楼上飘下来的。我们这幢楼，临河而建，站在自家的阳台上，就可以欣赏到一河的风景，所以，楼上的人家，有事无事，都喜欢站在阳台上，瞅瞅风景。有的是饭后，一边打着嗝儿，一边剔着牙慧，剔干净了牙齿的缝隙，那牙签，随手就扔到了楼下的院子里。有的人，一边发着呆，一边嗑嗑瓜子，见楼下没人，瓜子壳都“啪啪”地吐到了楼下的院子里。最多的是男人，逃过妻子的眼睛，在阳台上抽根烟，吞云吐雾，神仙似的，抽完了，一个弹指，烟蒂就会划着流利的曲线，飞进楼下的院子里。十二层啊，如果大家同时在阳台上，做着这个动作，将是多么整齐壮观？一楼的住户，骂过，无效；一户户上楼去敲门警告，还是无效。无奈的一楼住户，干脆也不进院子了，只是将自家的杂物堆在院子里。一段时间后，杂草丛生，污垢一地，一楼的院子彻底成了垃圾场。

老王就是在这时，搬了过来。没过几天，站在阳台上的人们突然惊讶地发现，楼下院子里堆的杂物不见了，杂草被拔除了，垃圾被清扫干净了。抽烟的人，捏着烟蒂的手抖了几下，看看院子里没人，还是扔了下去；剔牙的人，“呸”的一声将嘴巴里的秽物吐了出去，见没人，手里的牙签，还是顺手丢了下去；嗑瓜子的人，先是用手将瓜子壳盛着，看看楼下没人，还是悄悄撒了下去。老王也不恼，每天两次，将院子打扫干净。

又过了几天，站在阳台上的人们忽然惊讶地发现，楼下院子里的土，被翻开了，久违的泥土气息扑鼻而来。几天之后，新翻开的土地上，竟然冒出了一层油绿，是草籽发芽了呢。楼上的人们俯身看到那层浅浅的绿色，与不远处河边的绿地遥相呼应，心里暖暖的。捏在手里的牙签、烟蒂和果壳，犹豫了一下，终于没有扔下去，而是随手带回家，扔进了垃圾桶里。

青草长得很快，老王又在院子的几个角落，各栽了几盆植物，一棵是石榴树，栽下去的时候，就已经有大半人高；一株是白玉兰，刚刚打苞；还有几株矮一点的，是海棠，花已经盛开。不到一个月，原来的院子，已经绿油油一片，从楼上望下去，就像是自己家的后花园一样。

站在阳台上的人们，经常能看见老王在院子里忙碌着，为花草们浇水、打枝、捉虫，有时候，他会弯腰从草地上捡起一个烟蒂，或者一根牙签什么的，看来，还是有人习惯性地往下扔东西，这让其他站在阳台上的人，脸微微一红。老王偶尔会抬头仰望楼上，从楼上望下去，老王仰着的脸，很像一棵向日葵。

昨天晚上，忽然有人敲门，从猫眼里看见是老王。这是他第一次上楼来，不知道他为何而来？惴惴不安地将老王让进屋。老王笑着说，我注意到你们楼上很多人家的阳台上都种了花草。我点点头。我家的阳台上也养了些，不过，养得不好，都不太精神。老王说，我也喜欢种花养草，花草说贱也贱，说娇贵也娇贵，除了经常晒晒太阳，有时候，也要让它们沾点地气。地气？都是种在花盆里，怎么沾地气呢？老王说，我准备在院子里挖几个泥坑，你们楼上谁家的花草有需要，就连花盆一起先埋到土坑里去，等接上了地气，长茁壮了，再搬回各家的阳台上。这主意好啊。老王乐呵呵说，那我再到楼上各家去说一声。

站在阳台上，默默地看着老王弯腰忙碌着，他已经挖好了几个泥坑，有人正在将一盆有点蔫的滴水观音连盆带花，移进泥坑里。好像是九楼的住户吧？我琢磨，再过几天，也将我那盆发财树埋在老王家的院子里，接点地气，它也有点蔫了呢。

从楼上俯身往下看，滴水观音的每一片叶子，都很像一张笑脸。

哲学教授的点名

哲学教授魏先生夹着皮包走进阶梯教室，扫视一眼稀稀拉拉的学生，打开花名册，摘下眼镜，开始点名。这是他给我们班上的第一堂课。

他用安徽和四川混杂的口音点名。声音因而听起来怪怪的，但很响亮。

他点一个名字，台下答一声"到！"

62个名字都点完了，全到。事实上，可以容纳80个人的阶梯教室，只坐了十几个人。我也答了三次"到"，有两次"到"，是为了我那两个爱睡懒觉的死党答的。

魏先生点名的时候，一直低着头，凑着花名册，似乎这样才能看清楚上面的名字。直到名字都点完了，他才抬起头。

合上花名册，他说，现在我们开始上课。

他问，什么是哲学？

稍顿，自答：简单地说，哲学就是从那边到这边，再从这边到那边。

我们都惊呆了。这是哪跟哪啊？

他转身在黑板上书写了一行大字：从量变到质变，再从质变到量变。

我的神啊，我们都哄堂大笑起来。连屋顶都震颤。没想到，十几个人也能爆发出这么洪亮的笑声。

魏先生自己也笑了，他说，我的普通话不大好，你们多包涵。愿意听的，就竖起耳朵，不愿意听的，就耷拉下耳朵。

教室里再次爆发一阵阵笑声。

我们几乎是在笑声中，上完了魏先生的第一堂哲学课。除了他那要命的口音，引我们一次次发笑外，更让我们意外且乐不可支的是，那些深奥的哲学命题，从他的口中冒出来，也变得如此轻松，易解，有趣。

后来我们才知道，魏先生是安徽人，在四川读的大学，在北京上的研究生，在德国拿的哲学博士学位，他的口音，就是这样混杂而成的。犹如他的学识。

每次上课之前，魏先生都会先点名。依然是低着头，直到所有的名字都点完了，才抬起头，开始上课。

依然是62个名字，全到。所不同的是，越来越多的人，是自己答“到”的，就连我那两个死党，也从热乎乎的被窝里爬起来，赶来上课了。我再也不用心虚地替他们答到了。

有一次，课间闲聊的时候，魏先生跟我们说，点名时，每一个“到”都是不同的。有的“到”是自己的，那底气就足，替别人“到”的，那声音就飘。你们的每一个“到”我都听到了。最后，魏先生意味深长地说。

魏先生说这话的时候，可以容纳80个人的阶梯教室已经坐得满满的了，据说有不少人是外系来蹭课的。

很快，真的很快，魏先生的哲学课就讲完了。

魏先生最后一次给我们上课，一反常态，课前竟然没有点名。直到快下课了，魏先生忽然合上课本，打开花名册，开始点名。这一次，每念一个名字，魏先生都会抬起头，循声看一眼，冲着答“到”的同学点点头。不知道从哪一个名字开始，被点到名字的同学在答“到”的同时，并站起来。魏先生微笑示意同学坐下。名点完了，下课的铃声也响了，魏先生向大家挥挥手，大步离开了教室。他的身后，响起热烈的掌声。

直到今天，我还常常想起哲学教授魏先生混杂着安徽和四川口音的那句话，什么是哲学？就是从那边到这边，再从这边到那边。没错，我觉得，这就是哲学，这就是人生。

时间不是老人

一直以为,时间真是个老人。

没有人能告诉我们,时间有多老。时间比我们的纪元更老,以耶稣诞生之日作为公元纪年的开始,人类迄今的纪元才区区2013年,时间显然比之老多了;时间比三皇五帝更老,比开天地的盘古更老,比古希腊的时间之神克罗诺斯更老。我们能够追溯的人类历史,据考古专家们的观点,大约400多万年,而在此之前,时间就存在了。时间比我们已知的任何一个人更老,比我们已知的任何一个神仙更老,也比我们已知的任何一件事物更老。

因为无法确切地知道时间到底有多大年龄,人们于是相信,时间是个老人。

还有一个更重要的原因,那就是,人们宁愿相信时间是个老人。

因为,如果时间是个老人,它就会步履蹒跚,我们的脚步就可以追赶上它;如果时间是个老人,它就会慈悲为怀,慷慨地给予我们更多一点时间;如果时间是个老人,它的手就会绵软无力,经常像沙子一样遗漏一点时间给我们;如果时间是个老人,它的耳朵背了,听不到我们试图窃取它的时光的计谋；如果时间是个老人，它就会眼神不济，看不到我们大把大把荒废时光，而因此惩戒我们；如果时间是个老人，它的神志也许就不再那么清醒，我们可以乘机糊弄糊弄它老人家，肆意地耗费它给予我们的时光……没错，如果时间是个老人，我们就可以轻松地向它预借一点，骗取一点，偷拿一点，甚至是巧取豪夺一点更多的时间；或者可以没节度、无羞愧、不自责地耗费一点、虚掷一点、浪费一点、透支一点属于我们或根本就不属于我们的时间。

时间真是个老人的话，那一切就太美好如意了，我们可以远离它的视线，摆脱它的掌控，挣开它的束缚，逃避它的惩戒，甚或可以纵横驰骋，为所欲为，天地之间，唯我为大。还有什么比挣脱时间的枷锁，更让人开心的吗？人生苦短，从此成为笑谈。

可惜，时间不是老人。它精明，敏锐，睿智，明察秋毫，秉公无私，神力无边。任何企图逾越、凌驾时间之上的行为，都注定要被时间击溃。在时间面前的任何投机取巧，都不堪一击。

把时间比喻成老人，可以说是人类最蹩脚的一个比喻。

时间像个调皮的顽童，它和你玩耍、嬉闹、游戏，却在不知不觉中，把给你的时间，都悄悄地藏起来了；时间又像个害羞的少女，含情脉脉，令人痴迷、销魂，你以为可以和它进行一场旷世的爱恋，它却神不知鬼不觉地把你的时间销蚀殆尽；时间还像个威武的壮士，守护着自己的阵地，任何对时间的企图，都将被它一拳砸烂；时间也像个主妇，如果你精打细算，勤俭有为，它就会用擀面杖，将你的时间，碾压得又细又长，让你受用终生。

有时候，时间更像个吝啬鬼，惜土如金，永远别指望从它手上，多拿一秒钟；时间又可能就是个魔鬼，手持魔罩，时刻准备剥夺本属于你的时间；时间也可能像个天使，给予珍惜它的人，更多一点回馈。当然，正如人们习惯比喻的那样，时间也可能真的就是个老人，这位老人，德高望重，洞悉一切，令人敬畏，不容冒犯。

其实，在我看来，时间更像是一面镜子，它竖在我们每个人的心中，你以怎样的面目出现，以怎样的态度对待时间，时间就还你一个最真实的你。在时间面前，从无例外。

笑声也是怀念

一家电视台，做了一期追忆侯耀文先生的访谈节目。

侯耀文是深受观众喜爱的相声演员，在送别侯耀文先生的队伍中，有人拉起一个黑色横幅："何时司马光再砸缸？"让人不禁想起他和赵丽蓉老师合作的令人捧腹的小品《英雄母亲的一天》。音容笑貌宛若眼前，而正值盛年的两位艺术家都已作古，生命无常，让人唏嘘不已。

我们一家在看这个节目时，妻子准备好了一沓餐巾纸，放在身边。她不是一个多愁善感的人，但她估计自己会忍不住伤悲。

电视台请来的嘉宾，都是侯耀文先生的亲朋好友，二哥侯耀华，四叔常宝林，以及他的四个得意徒弟。

舞台后面的大型屏幕上，是侯耀文先生生前的照片，主持人穿着黑色服装，几位嘉宾也是一脸严肃，场上的气氛果如所料，沉重，压抑，充满悲情。

话题从耀文、耀华哥俩谈起。侯氏三兄弟，侯耀文最小，耀华回忆起小时候的一件事情。那时候，经济困难，兄弟之间的衣服，像全国人民一样，也是新三年，旧三年，缝缝补补又三年，大哥是新三年，耀华是旧三年，耀文只好是那缝缝补补又三年。为这事，耀文一直耿耿于怀，所以，兄弟三人中，耀文长得最快，成人后，老小的耀文身高最高，老大反而成了最矮的。

我听到场上忽然冒出窃窃的笑声。是那种轻轻的、怯怯的，仿佛是从地底下钻出来的笑声，但发出笑声的人，一定也觉得在这种场合，笑显得有点不合时宜，所以，他似乎在努力控制，但最终还是忍俊不禁，吃吃地笑了出来。

我注意到，主持人的脸上有些错愕，这一定是她没有预料的。一场追思会，怎么才开场，就出现了笑声？可是，很快，观众席上，笑声不可遏止地爆发出来，连绷得很紧的侯耀华先生的脸上，也隐约露出了一丝笑意。

此后，场上一再爆发出阵阵笑声。痛失手足的侯耀华先生，痛失良师的耀文的徒弟们，痛失最偏爱的晚辈的常宝林先生，在回忆起耀文生前的点点滴滴时，一桩桩，一件件，将生活中真实的可亲的侯耀文先生呈现在观众面前，他的每一个故事，都像一个他留在这个世界上的包袱，在身后，被他的亲友们抖了出来。侯耀文先生再也不能走上这个他所热爱的舞台，但是，他用自己的一生，配合着这样一场特殊的演出，将笑声留给他同样深深热爱的观众。

一场将近两个小时的追忆访谈，就这样在一次次笑声中度过。这也许不是电视台的初衷，甚至也出乎我这样一个坐在电视机前普通观众的意料。它就像一场告别演出，一如既往，侯耀文先生再一次将笑声留给了我们，这是他送给我们最好的礼物。

很多人都以为，在大师侯宝林的家中，一定总是笑声不断，充满欢乐。侯耀华回忆说，恰恰相反，父亲在世时，他们家常常是鸦雀无声，在外面演出累极了的父亲，需要安静地休息，需要安静地构思，需要安静地创作。生活中的侯宝林，生活中的侯耀华、侯耀文兄弟，都是严肃的，甚至是无趣的，但是，只要走上舞台，只要面对观众，他们总是一次次，为我们带来笑声和欢乐。

为他人带来笑声和快乐，这就是侯耀文的一生，也是所有相声喜剧演员，送给观众最好的礼物。我们享受着这份快乐，我们学会笑对人生，我们也用发自内心的笑声，怀念这些可敬的大师们。

奶　奶

在杭州最热闹的一个街区，他们相遇。

晚上十点多钟，他从公司加班出来，一阵寒风吹过，他不禁缩了缩脖子。推着自行车，他看见了坐在街心花坛上的她。她看起来七八十岁了，一只手杵着一根木棍，一只手端着一只一次性餐碗，头上披着一件灰白色的毛巾，身上单薄的外衣，已经分辨不出当初的颜色。她是个乞丐。他摸摸口袋，将兜里的零钱都掏了出来。可是，当他准备将手中的钱放进她的碗里的时候，她却用手挡住了碗口。

她看看他，对他说："孩子，你是学生吧，我不能要你钱，你们也是靠父母，不容易。"一口很浓的方言。

他笑了，对她说，老奶奶，我已经工作了。她也笑了，我看见你背着书包，还以为你是学生娃呢。她说，我不找学生要钱的，学生都是家里人养着，家里人都不容易啊。

他支起自行车，蹲在她身边，和她聊起来。他问她，家里还有什么人？她告诉他，老伴去世了，自己有五个孩子，四个儿子，一个女儿，全都成家了。最小的孙子，都快有他这么大了。几个儿子都不肯赡养她，女儿在家里又做不了主，没办法，只好出来讨口饭吃。她说，我也不怪他们，他们各自都有自己一大家子，日子也难过啊。

她忽然问他，听你的口音，好像也不是杭州本地人吧。他点点头，告诉她，自己老家是青海的。她茫然地哦了一声，摇摇头说，没去过，一定很远吧。她怜惜地看看他，你是自己一个人在外面打工啊，不容易，多给家里打打电话。发钱了，给爸妈寄回去点，别都花了。好好孝顺你家里人。

他的鼻子酸酸的。他想起了自己远在家乡的父母，还有奶奶。她多像自己的奶奶啊。她们有一样慈祥的面容，有一样爬满皱纹的脸，有一样浑浊的眼睛，有一样花白的头发，有一样皲裂的双手，有一样越来越驼的背，还有一样的永远也放不下的牵挂。

又一阵寒风吹过，他缩了缩脖子，她的拿着碗的手，不自觉地往袖筒里缩了缩。他毫不犹豫地摘下自己的手套，递给她。她连连摆手，孩子，你骑自行车，怎能没有手套呢，我不能要你的手套。

他掏出手机，对她说，我能给您拍张照片吗？她不好意思地笑了，露出残缺不全的门牙，我这辈子还是第一次拍照片呢。他和她约好，明天我将照片洗好，给您送过来。她不住地点头。

回到家，他久久难以入睡。她的身影，一次次浮现在他的面前。他将和老人的相遇，发到了本城的一家网站上。

我正是在网上看到了他和她的故事，他还将她的相片，发到了网上。他希望恰好路过那里的人们，如果看到了她，给她一点点帮助，哪怕只是停下来，和她聊几句。短短的时间内，跟帖无数。我仔细地端详她的照片，苦楚而坚韧。

第二天晚上，他在同一时间，找到那里。她还坐在那儿，一只手杵着一根木棍，一只手端着一只一次性餐碗，头上戴着那条灰白的毛巾，所不同的是，她的身上，多了一件厚实的衣服。她一眼就认出了他。她告诉他，不知道为什么，今天有很多人跑来看她，有人给她钱，有人送她衣服，有人给她带来吃的。她难为情地说，这么多人对她这么好，她心里很不安呢。

第三天晚上。一位母亲领着自己的孩子，找到了那儿，孩子想看看这位老奶奶；一位叫"花椒"的网友，拉了整整一车的生活用品，想去送给这位老奶奶；一个中年男人发动办公室里的几位同事，捐了一些钱，想送给这位老奶奶……孩子、网友、中年男人，他们都喊她"奶奶"，他们想在这个冬天，给这位从未谋面的奶奶，带去一点温暖。

却怎么也找不到她了。她的身影，再也没有在那儿出现过。附近大楼的保安说，以前，她都是在大楼地下停车场的角落打地铺，也许是不愿意这么多人关注她，她选择了离开。

我一直通过网络默默地关注这件事。我的奶奶，离开我们已经快20年了，有时，她还会出现在我的梦中。有一次，我的孩子无意间看到我奶奶的照片，诧异地问我，爸爸，怎么你奶奶和我奶奶，长得这么像啊？我笑了，其实她们长得并不像，但是，又确实很像。

那是因为，天下的奶奶，都一样慈祥，一样善良，一样温暖啊。

餐桌是最好的课桌

自从儿子上中学之后，我与儿子见面最多的地方，就是餐桌上。

早晨六点，儿子必须准时起来，洗漱，吃早饭，然后，出门去上学。这时候，我多半还没有起床。中午，我们一家三口，在各自的食堂吃饭。晚上，儿子总是最后一个回到家，课多，放学迟，没办法。等儿子一回家，我们就开晚饭。为了让儿子能吃上一口热饭，妻子总是能在门铃响起来的时候，恰到好处地炒好最后一道菜。儿子放下书包，径直来到餐桌旁，吃饭。他总是埋头吃得很快，狼吞虎咽，很饿的样子，又很匆忙的样子。让他吃慢点，他嘟囔着，还有好多作业要做呢。我和妻子相互看一眼，怜惜地叹口气。吃好饭，儿子一转身，去他自己的房间，做作业去了，直到很晚，才出来洗漱一下，睡觉。这一天就算结束了。

即使双休日，与儿子的见面机会也不多，大部分时间，他在自己的房间里看书，做作业，除了偶尔出来喝口水，或者上厕所。不过，双休日终究是不同的，唯这两天，我们一家三口，可以围坐在餐桌旁，共进早餐、午餐和晚餐。这是多么难得的幸福时光。因此，双休日的任何应酬，我都是坚决辞掉的。

餐桌，是我们一家三口，尤其是我们两夫妻与孩子聚在一起最多的地方。餐桌上，也成为我们了解儿子的一个窗口。一个非常重要的窗口。

儿子在学校的情况，除了老师告知的，我们基本上都是在餐桌上获悉的。今天在学校遇到了什么新鲜的事，开心的事，或者不顺心的事，儿子都会告诉我们。这算是我们从小培养他的一个好习惯，不管遇到什么事，都和父母讲。还是儿子上幼儿园的时候，有一天，他回来之后兴奋地跟我们讲，班上有一个女同学，对他特别特别好，长大之后，他一定要讨她做老婆。我和妻子笑岔了气。但我们没有批评他，更没有训斥他，只是告诉他，等你长大了，还这样想的话，我们一定支持你。没过多少天，儿子就忘记了这个茬儿。

初中的时候，儿子喜欢上了班里的一个女生，每次看到她，脸都憋得通红，上课老是走神儿，儿子很苦恼。这次也是吃饭的时候，他自己告诉我们的。孩子早恋固然不好，但可怕的其实并不是早恋本身，而是父母压根就不知情，而错失了帮孩子一把的机会。儿子告诉我们之后，我和妻子认真地商量了对策。第二天吃晚饭的时候，我们告诉儿子，你那个吧，其实算不上早恋，顶多只是暗恋，单相思。正像你暗恋这个女生一样，说不定也有个女同学暗自喜欢你。儿子的脸，被我们说红了。我赶紧又补了一句，老爸年轻时，也和你一样，有过暗恋。这下惨了，儿子穷追不舍让我交代自己的老底子。我只好老实交代。儿子瞅一眼老妈说，没想到老爸年轻时还这么浪漫。我说，你老妈也有故事。在儿子的追问下，妻子也坦白了。听着我们那个年代久远的故事，儿子笑翻了。我告诉儿子，喜欢女同学，这是很纯洁的感情，很正常，既没必要担心，也没必要自责，你可以把它当成一件贵重的礼物，暂时埋在心底。儿子听从了我们的建议，慢慢地度过了这一关。他和那个女同学，成了最好的朋友。

只要儿子愿意在餐桌上讲的事,我和妻子都会认真地倾听。让孩子敢讲话,乐于讲话,并把话讲完,这是非常重要的。有的人喜欢用餐时放音乐,而在我们家,一家三口其乐融融地边吃饭,边交谈是最美妙的一件事情。尤其是在儿子上高中之后,我意识到儿子与我们在一起吃饭,也将慢慢变成一件奢侈的事情,因为他很快就会离家读大学去了,到了那时,只有假期,我们一家才有可能团聚在一起了。因而,每一次围坐在餐桌旁的机会,都弥足珍贵。

也有很多时候,儿子不想讲话,只顾埋头吃饭。这时候,我就会和妻子交流一下各自工作中的情况,并就某个问题,旗帜鲜明地发表自己的意见。有时候,儿子会突然冒出一句,表明他的观点和态度。不要以为孩子与这件事无关,他就丝毫不关心,对这个世界,他开始尝试着有自己的价值判断。而这样的交流,同样会潜移默化地影响他。

没错,对一个家庭来说,餐桌远不只是一个吃饭的地方,它还是一个非常重要的交流平台,特别是有孩子的家庭。餐桌是家里最好的课桌,它可以帮助你教给孩子很多在课堂上学不到的东西。

拖着老爸不让老

“老爸，加油啊！”儿子扭头冲我喊道。

我已经气喘吁吁。隔二十年前，跑个几千米，算什么啊。现在不行了，才绕着楼跑不到四圈，就上气不接下气了。

儿子放慢了脚步。我紧追几步，跟上他。“我们、休息下，再、再跑吧？”我向儿子求情。儿子看看我，把脚步又放慢了点，“老爸，再坚持跑两圈，然后我们休息，好吗？不然没什么锻炼效果。”

无奈，我只好跟在儿子的后面，继续慢慢跑动。

这是我和儿子每晚的跑步练习。

这项功课，始于一个多月前。那天，我们一家从超市购物回来，我扛一袋米，妻子和儿子拎着其他东西。吃力地上楼，一不小心，打了个趔趄，差点摔倒。回到家，腰疼不已，一定是刚才闪了腰了。儿子心疼地帮我捶着腰，忽然摸摸我的肚腩，对我说，“老爸，瞧瞧你这身赘肉，像个老头似的。你应该锻炼锻炼了。”

我笑笑。这些年，一直坐办公室，平常不怎么运动，长了一身肥膘，疾走几步，都会心慌气短。虽然明知道这样对身体不好，但懒惰惯了，不想动弹了。

第二天,儿子就死活将我拖下楼,和他一起开始跑步。

刚开始跑的时候,才跑一圈,就累得够呛,气喘如牛。几次想打退堂鼓,在儿子的鼓励下,坚持了下来。一圈,两圈……现在最多已经能跑七八圈了。

跑步只是其中的一项功课。跑了几天后,儿子又很郑重地对我说,他马上就要参加体育中考了,还有两个项目未达标,希望我能经常陪他练练。

一个是立定跳远。儿子躬身跳了一次,2 米,这个成绩离达标还差 42 厘米。儿子看看我,“老爸,你能跳多远?”我腿长,年轻时跳远是强项。在儿子的注视下,我也试跳了下,2 米 1。儿子很夸张地竖起了大拇指,说,那我再跳下?儿子又跳了一次,2 米 15。这就超过我了?我不服气地撸起了袖子……

另一个项目是实心球。这是个力量型的运动项目。儿子身材瘦长,缺少力量,10 米的满分线,他只能扔 6 米,我扔了下,8 米多。儿子目瞪口呆,佩服得不得了。于是,我们在地上画了个十米线,他扔过来,我再扔过去……

我们父子俩,一高一矮,一胖一瘦,一老一少,每天在楼下,跑步,扔实心球,立定跳远,每次两个人都是累得大汗淋漓。

儿子的成绩,在一天天进步,这让我非常开心。

昨天,运动完后,我洗了个澡,从卫生间出来,正好听见儿子和他妈妈在客厅里说话。

儿子:“体育今天已经考过了,我都是满分。”

妻子:“祝贺你啊。那今后还需要爸爸每天陪你练习吗?”

儿子:“当然要啦,不过,其实我的体育成绩早就都达标了。”

妻子:“那你为什么还让爸爸每天陪你练啊?”

儿子笑了:“不是老爸陪我,是我陪老爸练。我是不想让老爸那么快就老嘛。”

原来是这样。

儿子小时候,每次我带他去跑步,都是我跑在前面,他迈着两条细碎的小步,跟在我后面,我领着儿子一边跑,一边长大。如今,儿子已经渐渐长大成人了,他领着我跑,一边跑,一边拖着我,不让我老去啊。

给想睡觉的人一张床

翔的辞职,让他久久不能释怀。

他和翔,既是上下级,也是朋友。这几年,公司的业务快速发展,蛋糕越做越大,他的雄心是上市,做成全国第一。这个目标,已近在眼前。可就在这个关键时刻,翔却递交了辞职信。

他找翔长谈了一次。你跟了我这么多年,是我的老臣了,别走,有什么要求你尽管提。

翔摇摇头,我没啥要求,就是累了,想歇一歇。

累?公司这么大摊子,谁不累。在他看来,这简直不是理由,一定另有缘由。是觉得我没有重用你?好,给你个副总的位子,这位置其实也早就预留给你了。

翔再次摇摇头,你一直待我不薄,我真不是因为这个。

他犹疑了一下。翔的为人他知道,不是追名逐利的人。对了,听说你最近换了房子,爱人身体不太好,是不是手头有点紧?公司为了上市,不得不压缩开支,好几年没给大家涨薪了,我知道很多人觉得委屈。我这张卡里有10万元,你先拿去救急。说着,他将一张银行卡递到翔面前。

翔却断然推了回去。

嫌不够？等公司上市了，跟我一起拼搏的老臣，每人都100万干股。你的贡献大，可以多分配一点。

翔苦笑笑，我真的就是太累了，感觉欠家人太多，我真的就是想歇一歇，陪陪他们。

他最终没能留住翔，翔走了。

他以为翔会跳槽到另一家他的竞争对手那里去，他们已经通过高薪、高职位、高待遇等手腕，挖走了他好几员干将。没想到，翔并没有去，翔真的回家休养了一段时间，现在，自己在小区边开了一家很小的实体店，和妻子守着小店，其乐融融。他一次路过的时候，进去小坐了一会儿，看起来翔的妻子气色好多了，而翔自己也对现状很满意。他终于明白了翔的选择。

这是发生在我身边的故事。另一个故事，也发生在我身边。

我的大学同学莉，在快知天命之年，竟然离婚了。

现在离婚的人多，不稀奇，但莉离婚，我们还是吃了一惊。

她有一个事业有成的丈夫，年纪轻轻就官至处级，后来主动辞职下海，办了一家房地产公司，赚了第一桶金，现在其名下有多处实业。这当然不是最关键的，作为一名丈夫，在我们这些外人看来，那也是非常温柔、体面、体贴的。早年，他就请了专职保姆，让莉远离灶台和家务。家庭财务，全部交给莉打理，不过问，不控制，不抠门。最最关键的是，很多成功男人的花花肠子，莉的老公完全没有，这么多年，他身边美女无数，从没听说他沾染过谁。没错，在我们这些外人看来，莉真是嫁对了人，她的老公就是个楷模。就在上个情人节，也就是他们结婚纪念日的第三天，莉还收到了老公送的999朵玫瑰。这是一个多么慷慨，多么有情调的好男人啊。

可是，莉却离婚了，而且是莉主动提出来的。

在一次同学聚餐时，不知道是谁挑起了这个话题。莉一点也不尴尬，也不掩饰。

莉说，你嫁了一个老公，一个星期至少能在一起吃顿饭吧。这个要求高吗？

一个星期才在一起吃一顿饭，这个要求不高，一点不高。

莉又说，平时你忙，应酬多，半夜了才回家，我也能理解，但孩子的生日，你陪陪我们母子，这要求不过分吧？

作为父亲，作为丈夫，至少应该做到这一点。

莉平静地继续说，结婚25年了，平时的结婚纪念日也就罢了，银婚纪念日，我做好了一桌菜，你陪我吃一顿，哪怕只吃几口，这不难吧？

这个……有人插嘴说，听说那天姐夫不是送了你999朵玫瑰吗？这多浪漫啊！

莉苦笑了笑，是的，听说那些花，花了他上万元钱，他有的是钱。可是，25年前，我是嫁给他的，不是嫁给这些玫瑰的，也不是嫁给他的产业、他的钱的。那天，除了快递员送来的花，我连他的电话都没接到一个。这还是婚姻吗？

我们都沉默了。是啊，一个女人，是嫁给男人的，而不是嫁给他的钱、他的名、他的地位，或他的别的什么。

莉咧咧嘴说，其实离婚了也没少什么东西，因为那个在别人看来很优秀的男人，我早已感受不到他的存在，除了他的钱。而我需要的婚姻其实很简单，那就是我守着你，你陪伴我。

翔和莉的故事,让我沉思良久。

幸福的生活是什么?满足和满意是什么?其实很简单,我困了,你给我一张柔软的床,让我能够安心踏实地睡一觉,这就够了。而如果我想睡觉了,你却给我一沓钱,或者一桌山珍海味,又或者一个虚名,我还能睡得着吗?

不,我不需要,我真的只需要一张床。

良　药

身体不舒服，去医院看病。

一路堵车，心烦意乱。好不容易到了医院门口，车被保安拦住了，告知里面的车位都停满了，不能进去，让自己在院外找地方停车。开车绕医院一圈，也没找到空车位，只好在路边随便找了一处空隙，勉强将车子停好，赶紧跑进医院。

医院大厅人头攒动，几个挂号窗口都排成了长龙。见一稍短一点的队伍，排在队尾。真是越急越慢，左右的队伍都很快，就自己排的这个队，慢腾腾的。感叹自己怎么总是站错队。好不容易挂了号，找到诊室，排队的人更多，护士才叫到三十几号，而自己的号是67，也就是说前面还有30多人等着。无奈，枯等，心情的焦虑，甚至超过了身体的不适。

终于轮到自己看病了。医生只是简单地询问了症状，便开了药，接着又拿起了下一个病人的病历。本想多问几句，话到嘴边又强咽了回去，自我安慰，既然医生不当回事，说明咱这毛病不重吧。付费，拿药。回到车边，猛见前挡风玻璃上贴着一张纸条，心头一揪。拿起一看，果然是交警贴的罚单。

心情真是糟透了!

身心俱疲地回到单位,倒了杯开水,准备吃药。打开药盒,找到里面的说明书。用法用量写着,口服,一次两粒。又习惯性地看了看下面的注意事项,写着三条。第一条是,忌吃生冷、油腻、辛辣食物。看来这几天不得不忌口,最爱吃的辣味是不能沾了。第二条写着,心脏病、肾病、糖尿病患者慎服。这几个毛病,我都没有,看来没问题。接着看第三条,上面清晰地写着:"服药期间要保持情绪乐观,切忌生气恼怒。"揉揉眼睛,又读了一遍,果然就是这么写着的。

心头猛然一暖。经常吃药,这还是第一次在说明书上读到这么暖心、这么人性化的注意事项。觉得刚才一路上的诸种烦恼,以及身体的不适,似乎骤然消除了不少。不禁咧嘴一笑。

欣然倒了两粒药,一仰脖子,吞下。

这时候,旁边一同事见状走过来,关切地问,身体不舒服啊。我点点头。同事说,那你把手头的活都交给我来做吧,你休息休息。

心头又涌起一股暖流。谢了同事的关切,我继续工作。

不知道是药物即刻起了作用,还是心情转好的缘故,身体的不适感,竟然慢慢消退了。午后的阳光从窗户照进来,晒得人暖暖的。

一碗面条的吃法

小区边有家面馆，生意火爆。我也常去吃。

店里的桌子，都是那种四人座，两两相对。因为食客多，常常一座难求，陌生人不得不拼桌。这使我在吃面条的同时，有机会看到各种有趣的吃面画面。

一次，坐在我对面的，是一对情侣。服务员将面条端来了，男的是牛肉面，女的是鸡蛋面。男的拿起筷子，将自己碗里的牛肉，一块一块，夹到了女的碗里。女的一边说够了，一边将自己碗里的煎鸡蛋，夹到了男的碗里。然后，两个人才开吃，稀里哗啦，很幸福的样子。

还有一次，对面也是一对青年男女，男的是香辣牛杂面，女的是鸡汤面。两人各自捧着自己的面碗，埋头吃。吃了几口，女的忽然把自己的面碗，往男的面前一推，男的心领神会，将自己的面碗，移到女的面前。两人继续埋头各自吃面。过了一会，女的一边嘘着气，显然是被辣的，一边将面碗又推到男的面前。男的将自己的面碗，端到女的面前，继续吃。就这样，一碗香辣牛杂面和一碗鸡汤面，在两个人之间，像击鼓传花一样，吃几口，换一下，又吃几口，再换回来。

一对中年男女，坐在我面前。面条端上来了，是两碗青菜面。女的将两只碗并在一起，用筷子从一只碗中捞起面条，夹到另一只碗中。另一只碗里的面条，堆得小山一样。男的说，差不多了。女的说，我不饿，你下午还要上工地呢。男的说，那你多吃一点青菜。说着，用筷子将面条多的那只碗里的青菜，全夹到了另一只碗里。两个人吃得很快，连汤汁都喝得干干净净。

曾经有一次，我身边坐的是一家三口，三个人各自吃着自己碗里的面。孩子那碗是大排面，大排很快就吃掉了，面却没吃几口。妈妈对孩子说，你再吃几口面条嘛。孩子摇头说，我吃饱了。妈妈将自己碗里的鸡块，夹到孩子碗里，那你再吃几口鸡肉吧，很好吃的。孩子不耐烦地嘟囔了一句，你不要把你吃的东西夹给我好不好，这样不卫生，我不吃。然后，便自顾埋头玩起手机来。爸爸抬头看了孩子一眼。他将自己的面条吃完之后，又将孩子的面端过来，哗啦哗啦都吃完了。

一天傍晚，我去面馆吃面条。对面坐着一个姑娘。一会儿，她点的面条也端上来了，竟然是两碗，都是牛肉面。没想到，这样娇小的姑娘，一个人竟然能吃两碗面。我正暗自惊讶，姑娘拿起手机打电话，你快点啊，面条已经做好了。原来还有个伴。打好电话，姑娘拿起筷子，将一只碗里的牛肉，全夹到了另一只碗里。然后，开始吃面。过了一会，一个小伙子气喘吁吁地跑来了。姑娘说，快吃吧，面条都有点凉了。小伙子看着面条，兴奋地叫了起来，哇，今天这碗面，这么多牛肉啊。姑娘笑笑。小伙子说，你又把你碗里的牛肉都夹到我碗里了吧？姑娘还是笑笑。小伙子夹起一块牛肉，递到姑娘面前，姑娘笑吟吟地张开了樱桃小嘴……

这是我在家附近的面馆里，经常看到的一幕。它让我觉得，我们吃下的，不仅仅是一碗有营养的面条，还是一碗有营养且有滋有味的生活。

我们每天都在死亡一部分

牙痛,忍无可忍,去看医生。医生摇摇头说,你这颗蛀牙已经彻底没救了,坏死了,必须拔掉。

这是进入 50 岁后,我不得不拔掉的第二颗牙。与正常人一样,我也有 32 颗牙,其中的两颗,已经先我而死。不出意外的话,剩下来的牙齿们,会一颗接着一颗,死亡,拔除。如果我能活得足够老的话,它们都可能在我的身躯之前死掉,重新回到新生时无牙的状态,成为一个瘪嘴老头。

这是无法逆转的事实,每天,我的身体都在死亡一部分。

很多人不大愿意面对这个词:死亡,但我们又不得不承认,我们每天都在死亡一部分。

一根头发掉了,那是因为它死了。

你发现身上有很多皮屑,那是你的皮肤的一部分死了。

阑尾发炎,被切除了,是因为这个本来就没什么用的家伙,发作了,死了。

每时每刻,我们体内的细胞,都会死掉很多。

你每天走路，跳跃，攀高，活灵活现，生龙活虎，但谁也不知道，哪一天你的某块骨头就坏死了。

这些死亡，有的是可见的，像头发，像皮屑；也有很多死亡，是你看不见的，无知无觉的，甚至可能是无关紧要没有痛痒的，如细胞，如血液。

有人说，这些现象是衰老的标志，不是死亡。我觉得这就是死亡，是因为这些死亡，你才逐渐衰老的。

一两个器官或零件的死亡，哪怕是很重要的部件，对我们的生命也未必构成致命的威胁，肠坏死了，可以切除掉；胃死了，可以摘除掉；骨头坏死了，可以换一个金属替代品。我们的躯体就像一辆汽车，只要发动机不死，修修补补，总还是能用的。

比某个器官或某个零件死亡更可怕的，是另外一些死亡，它们也无时无刻不在演变、发生。

有人年纪轻轻，但梦想死了。

有人身强力壮，但激情死了。

有人锦衣玉食，但灵魂死了。

它们死了，什么时候死的，我们不知道；它们死了，对我们有什么影响，我们也许浑然未觉。我们很可能已经行尸走肉，还以为自己活得很滋润，很精彩。

所有你放弃了的，就都是被宣判死亡了的。

很多人惧怕死亡，哪怕是身体的很小一部分，哪怕是人生的某个短暂转圜。那是因为，他们并不知道，死亡的另一层含义是，新生。

一滴血死了，另一滴血活了。

一个梦想死了，另一个梦想已经萌芽。

昨天的我死了，今天的我正走在新的人生路上。

没错,每天,我们的一部分在不可避免的死亡,但我们的另一部分,也许正在重整旗鼓,获得新生。

像一棵树一样,只要我们还能发出一棵嫩芽,我们就没有死。

丢弃的菜帮子

每次上菜场买菜，楼师傅的菜摊，我都要光顾。

楼师傅卖的都是家常蔬菜，诸如大白菜、包心菜、茄子、芹菜什么的，尤以包心菜为多。楼师傅卖的包心菜，包的紧密，菜叶厚实，而且，表皮发黄的菜叶，他都提前撕得干干净净，露出青翠欲滴的菜心，一层裹着一层，透着干净的纯粹的翠黄来，看着就让人垂涎。

菜品好，这也不算什么，关键是楼师傅脾气好。买菜的不少人都有个特点，就是喜欢挑挑拣拣，能剥的皮啊帮啊叶啊，是能剥尽量剥，特别是买包心菜，撕一层菜叶，又撕一层菜叶，圆鼓鼓的包心菜就白白瘦了一圈。卖菜人最讨厌的就是这个行为，因为那些被剥下来的菜帮菜叶，全浪费了。楼师傅对此却不急不恼，任卖菜的人，剥了一层，又剥一层，从不阻止，好像剥的是人家的菜似的。往往是剥菜叶的人，剥得自己都不太好意思了，楼师傅这才拿去过秤，算账，放进买菜人的菜篮里。

每次买菜，看到前面的人，像剥恶霸地主的皮一样，剥着楼师傅的包心菜，我就心生不平。楼师傅卖的包心菜，个个都是圆嘟嘟、胖鼓鼓，翠嫩翠嫩的，怎么还能忍心再剥？楼师傅自己却好像什么都没看见。

当然,菜叶子也不是白剥的,楼师傅的菜,比别的摊位,稍稍贵一点点,那么多菜帮子被剥掉了,分量轻了,菜品好了,贵一点,也在情理之中。

买菜的人满意地走了,楼师傅会将那些刚刚被剥下来的菜帮子,小心翼翼地捡起来,然后轻轻丢在身后的一个竹筐里。那个筐子里,堆着各种各样的菜叶菜帮,以包心菜的菜帮子最多。我问他留着这些菜帮子干什么?他笑笑,有用有用。却从没告诉我有什么用。

与楼师傅混熟了,有时我也会和他闲聊几句。知道他是皖北人,和我算是半个老乡。他的两个孩子都在杭州打工,他自己和老伴在菜市场摆摊,一年下来,也能赚个万儿八千。钱挣得不算多,但楼师傅对此很满意,因为比起在家里种地,这已经强很多了。他的梦想就是将家里的平房翻盖成楼房。就像我的姓一样,楼师傅咧开掉了牙的嘴,笑着说。他们在菜场附近租了个民房,那是个城中村,拥挤着许多像楼师傅一样,进城来讨生活的外乡人。

每次我都会买一两棵包心菜。我们一家都爱吃我做的手撕包心菜,香脆、滑嫩、爽口。手撕包心菜,好不好吃,包心菜原料很关键,最好选包心菜中心部分,又薄又脆又嫩。为了做出香脆可口的手撕包心菜,我一般是将买回去的包心菜,再剥掉几层,只选用中间最嫩的部分,剥下来的菜帮子,就只能扔掉了。反正包心菜也不贵。但我买菜的时候,从不剥菜叶,我知道,菜贩子也很不容易。倒是楼师傅有时候会主动帮我再剥一层菜帮子,使原本就很不错的包心菜,显得特别青翠,特别诱人。

那天,因为早晨没来得及买菜,晚上下了班,我才匆匆赶到菜场去买菜。不少摊贩已经收摊了,幸好楼师傅还没收摊,而且摊位上还剩下两棵包心菜。楼师傅又要帮我剥菜叶,我笑笑阻止他,不用了。过完秤,正准备付账,这时,忽然走过来一个穿着皱巴巴工服的中年男子,以为也是买菜的,我往边上让让。他和楼师傅讲了几句什么,口音和楼师傅又像,又不太像。楼师傅从摊位里将那只筐子搬了出来,将菜帮子倒进了中年男子手中的尿素袋里。中年男子扛着尿素袋子,走了。我好奇地问楼师傅,他要那么多菜帮子干什么?

楼师傅压低嗓门说,你别笑话,这些菜帮子,就是他们晚饭桌上的菜。

我惊诧地看着男子的背影。楼师傅叹口气,他们有一大帮人,都在附近的工地上打工,挣不了几个钱,个个老家又等着他们挣了钱寄回去,所以,他们平时根本舍不得买菜,以前,他们常来菜场捡别人扔掉的菜帮子,我也帮不上他们什么忙,就留了个心,将别人剥下来的菜叶菜帮收集起来,等他们晚上收工时来拿,免得他们老是在烂菜叶里捡,多造孽啊。

我看着手里拿的两棵包心菜,想,今晚的手撕包心菜,我要从第一层起撕,每一片菜帮子都不浪费。

早晨从一朵花开始

窗外又传来“叽叽喳喳”的鸟雀声。

最近一段时间以来，每天一大早，我都是在鸟雀声中醒来的。在城市生活已久，除了公园之外，很少能够听到鸟声。是什么吸引了这些鸟雀，来到我的窗前？

起床，好奇地来到阳台上。树冠和栅栏上，飞跃着一大群麻雀，还有几只画眉、燕雀，以及我叫不出名字的小鸟，叽叽喳喳地叫着、跳着、闹着，围着一楼的院子，似乎在迫不及待地等待什么。

低头，看见一楼的院子里，一大一小，两个身影，正在弯腰忙碌着。我认得她们，她们是楼下搬来不久的邻居，一家印度人，听说男主人就在附近的一家软件公司做工程师。正在忙碌的是母女。小女孩五六岁的样子，还没有上学，英语很好。他们是我们这个小区唯一一个外国人家庭，所以，很快就引起了大家的注意。我虽然就住在他们楼上，却还没有和他们打过什么交道。

她们在作画。奇怪的是，并不是在纸上，而是直接在地面上；也不是用笔墨油彩，而是用一种粉末状的东西，均匀地撒在地面上。她们搬来的第二天，我就惊讶地发现，一楼院子的空地上，突然冒出的一朵盛开的海棠花，从楼上俯瞰，一层一层的花瓣，竞相怒放，丰润、立体、鲜艳。以为是一朵真花，细看，竟是彩色的粉末做成的。真的很美，使灰色的地面，立即有了生机。但我实在不明白，她们为什么要在地面上做这样一幅画，一朵花？第二天，海棠花没了，还是在那块空地上，又出现了一朵红色的牡丹，在边上两片绿叶的映衬下，牡丹花显得无比娇艳。第三天，牡丹花又变成了一朵米黄色的玫瑰，含苞待放；第四天，是几朵簇拥在一起的梨花……每天，在那块空地上，都会有一朵或一簇花朵，灿烂地盛开，或红，或黄，或粉，或紫，五颜六色，娇艳欲滴。

我好奇地注视着她们，这是我第一次看见她们在作画。妈妈先用灰色的粉末，勾出边线，女儿端着一个彩色的盒子，跟在后面，往线里面撒着彩色的粉末，一会儿，一片花瓣现出了它优美的形态，一片叶子，伸展出它的筋脉。真的太美了。我不由啧啧赞叹。

听到楼上的动静，母女两人都直起腰，抬头。言语不通，我冲她们竖起大拇指。"您好，先生，我们没打扰您吧？"没想到，女孩的妈妈竟然会讲普通话，而且说得很好。女人看出了我的惊讶，解释说，她大学学的专业就是汉语。我冲她们笑笑，你们的花，真美，谢谢！树枝上的鸟雀，叽叽喳喳地叫着，好像在响应我似的。

她们继续作画。早晨的空气，清新、凉爽，有隐隐的花香和泥土的气息。五片红色的花瓣盛开，中间是黄色的花蕊。不认识。我问她们，这叫什么花？女人笑着说，木棉花，是我家乡最常见的一种花。

犹豫了一下，我终于忍不住，问出了那个一直困扰我的问题，为什么要在地面上作画，画花？女人直起腰，抬头看看西方，那是她家乡的方向吧。她说，这是她家乡的习俗，也是一种宗教仪式。她的家在印度北部比哈尔邦的一个偏僻、贫瘠的小村庄，每天早晨，只要有女孩子的家庭，一大早女孩子做的第一件事情，就是在自己家的门口，用彩色的粉末作画，可以是一朵花，也可以是一棵树，还可以是一座房子。彩色的粉末画，是灰色村庄中唯一的亮色。

女人指指手中的盘子说，这个盘子里的粉末，就是用稻米和小麦做的，需要什么颜色，加一点植物的颜料就可以了。女人说，在自己的家乡，直到今天，还很贫穷，粮食并不富余。那为什么还要用粮食的粉末来作画呢？女人指指站在树上的鸟雀说，因为我们相信，每一个生命都值得尊重，包括天上的这些飞鸟。用粮食的粉末作画，既美化了自己的家，又可以让路过的鸟吃饱肚子。

我们的一天，就是从一朵花开始的。女人腼腆而自豪地说。我到中国已经六七年了，在几个城市生活过，这个习惯，也至今保持着。

原来是这样。我由衷地向她们母女点头致谢。小女孩对着树上飞来飞去的小鸟，叽里咕噜说了些什么，然后，拉着母亲的手，往家里走。她是要把这朵花，这个院子，以及这个早晨，都让给那些迫不及待的鸟儿们吧。

我也轻轻地从阳台退回房间。我看到众鸟扑棱棱飞进院子，我听见了它们欢快的歌唱，在这个无比清澈，无比美丽的早晨。